风从我的耳边吹过

苗莉 著

内蒙古文化出版社

图书在版编目（CIP）数据

风从我的耳边吹过 / 苗莉著 . — 呼伦贝尔：内蒙古文化出版社，2023.3
（中国好美文）
ISBN 978-7-5521-2164-3

Ⅰ.①风… Ⅱ.①苗… Ⅲ.①散文集—中国—当代 Ⅳ.①1267

中国版本图书馆 CIP 数据核字（2022）第 217625 号

风从我的耳边吹过
FENG CONG WO DE ERBIAN CHUIGUO
苗 莉 著

责任编辑 姜继飞
封面设计 鸿儒文轩·末末美书

出版发行 内蒙古文化出版社
地　　址 呼伦贝尔市海拉尔区河东新春街4 – 3号
直销热线 0470 – 8241422　　**邮编**　021008

排版制作 北京鸿儒文轩文化传播有限公司
印刷装订 三河市华东印刷有限公司
开　　本 880mm×1230mm　1/32
字　　数 170千
印　　张 8.75
版　　次 2023年3月第1版
印　　次 2023年5月第1次印刷
书　　号 ISBN 978-7-5521-2164-3
定　　价 58.00元

目　录

第一辑　梅为谁开放

生命之树 / 002

无雪的寒冬 / 012

母亲，如梅花在我心中绽放 / 018

永远的外婆 / 025

心中永远的痛 / 028

与土地相依的生命与灵魂 / 034

一树繁花为你芬芳 / 039

姐姐墓前的哀思 / 047

大地无声 / 050

我的同桌 / 055

玉的故事 / 061

秀 / 065

故乡的云 / 068

生命如花 / 071

给你一杯忘情水 / 074

梦中的荒园 / 077

沙丘上的风景 / 080

小镇风情 / 084

溪河镇的老增 / 087

梅为谁开放 / 094

第二辑　风从我的耳边吹过

我的乡村 / 100

挥之不去的情怀 / 103

飘雨的夜晚 / 106

我的一次浪漫之旅 / 109

素食醇香，亲情美丽 / 113

在东北的日子 / 116

大红盖头掀起来 / 120

釉色英谈 / 124

风从我的耳边吹过 / 128

让幸福像花一样开放 / 131

亲情的盛宴 / 139

京城记忆 / 146

秋天的时候在绿岭 / 152

第三辑 远 行

期待无限 / 158

一家村 / 162

在塬上 / 167

遇见淮阴 / 172

迭部漫记 / 178

远方的武隆 / 183

最美的遇见 / 188

神农架散记 / 194

别了，神农架 / 198

远 行 / 202

永远的灯 / 206

湘西忆旅 / 209

纳溪之醉 / 213

风中的飞翔 / 219

写意大宁河 / 223

塞罕坝，美丽的坝 / 226

追寻生命的绿意 / 230

春天的时候在西双版纳 / 234

秋走武陵源 / 239

走向千岛湖 / 244

美在千岛湖 / 248

青山秀水美金东 / 251

诗情画意美合川 / 256

一米阳光，一帘幽梦 / 264

第一辑　梅为谁开放

那株梅，还在吗？它还会在隆冬再一次盛情开放吗？时过境迁，人去屋空，它还能为谁而开放呢？

生命之树

　　昨夜秋风中，我又梦见了那座院子，梦见了那棵山楂树。但是梦中醒来，我依然不敢走近它。岁月的风雨已经无情地吹落了父母的生命，只留下那座空荡荡的小院，在孤单中度过每一个清晨和黄昏。小院承载着太多的欢乐、太多的悲伤，这些欢乐和悲伤，都像碑文一样深深镌刻在我的记忆里。父亲离开那座小院已经将近 3 年，我竟然一篇有关他的文字还没有写成，而对父母那份刻骨的思念却常常萦绕心头。

　　2016 年的深秋，天气开始冷了，已是秋风萧瑟、落叶飘零。一天上午，父亲因身体不适住进了医院。在踏进病房的那一刻，我还没有意识到，我活着的父亲、站立着的父亲，仅仅在几天之后，竟然就以横着的姿态出了医院的大门。横着的他，没有能够再回到那座小院，而是直接去了另一个世界。

或许，父亲自己是有感知的，在进入医院的那一刻，父亲的目光和我相遇，他用无奈的口气说："反正早晚都有这么一天。"我听了之后，心就像被刀子扎了一下。

父亲住院之后，我们从超市买了许多日用品，是让超市工作人员直接送货到病房的。父亲看着买来这么多东西，还开玩笑地说："这是打算打持久战吗？"但是陪父亲住院的日子太短了，短得让儿女们猝不及防，他就撒手人寰了。父亲去了，去找我们的母亲了。忘不了在病房陪父亲的那个夜晚，父女几乎彻夜长谈，到动情之处，父亲眼含热泪，声音哽咽，说："我想你娘了，我太想她了，她已经离开我八年了。"那一刻，对母亲的思念、对父亲生命的担忧，就像潮水一样击打着我的心扉，这悲伤的潮水，几乎让我的身体从那张小小的木凳上跌落，我即刻站起身背对父亲，望着窗外的万家灯火，泪流满面。

2008 年的冬天，我的母亲去世了。母亲离世的那段日子，是我生命中最灰暗的日子，此后在昏昏沉沉中度过了大半年的时光。一生与母亲相濡以沫的父亲的情绪也低到了冰点。与父亲在一起的时候，更多的是相向而泣。想用那一场又一场痛彻心扉的哭泣，来弥补母亲离世后我们心灵上的重创和生活上的空洞。

父亲离世前的那一天上午，我的朋友来医院看望他，父亲还跟人家攀谈，问朋友在哪个单位工作。当了一辈子干部的父亲，一生都在关心别人的生活状态，而且他非常健谈。

送走朋友，为了让父亲开心一点儿，我说："你看，那么多朋友都来看您了。"

父亲诙谐地说："人家主要是来看你的吧。"

然后，我去参加一个朋友的婚礼，饭还没吃，妹妹就打来电话催我赶紧回医院。

仅仅过去了一个多小时，等我再回到病房的时候，父亲已经陷入昏迷，闭上了双眼。泪眼迷离中，我在病床前呼唤着父亲。我看见，昏迷中的父亲，竟然努力地睁了一下眼睛，然而我没有看到父亲的眸子。我的父亲，他再也看不到他宠爱的女儿，他认为为他争了光的女儿了。从一开始住院他就对同室的病友说："我女儿是作家，写的散文可好了。"那种发自内心的骄傲和自豪溢于父亲的言表，说得我不好意思了，就跟着父亲的话后边自嘲几句。现在回想起来，能让父亲以自己为荣以自己为傲，是一种多么大的幸福，对一辈子都在奋斗的父亲来说是多么大的安慰。

父亲是从齐鲁大地上走出来的，背井离乡的第一站就是随着奶奶去闯关东，在东北那片黑土地上，艰难中得以生存。当过放牛娃，那时候他连一双完整的鞋都没有，是主人家给做了一双鞋，上山放牛的时候他舍不得穿，就把那双鞋拴上绳子背在肩上。后来父亲就穿着那双鞋走进了学校。父亲上学时已经十一岁了，上算术课总是把阿拉伯数字 3 反着写。老师批评他，说他在黑板上用了多少粉笔还没学会写个 3。父亲生怕老师从此不让他去学校，一脸真诚地对老师说："粉笔用完了，明天就让俺哥给买。"那一本正经的样子把老师都逗笑了。

在学校短短几年的学习，奠定了父亲一生发展的基础，从东北回到山东的父亲，又从黄河岸边来到河北闯荡。他与我的母亲，就像飘飞的两棵蒲公英，在冀南平原这块土地上相遇，是偶然也是命运的使然。他们是人间最好的相遇。我年轻的十八岁的父亲，在岁月深处的那个春天，除了身上背着一个小小的包袱，别无长物，但是他高高瘦瘦、英俊潇洒、一脸正气，让我的母亲一见倾心。两个人相知相爱组成家庭，这一生一世，经风沐雨，不离不弃，伉俪情深。

今生今世，真的感谢我的父母双亲，他们给了我们兄弟姐妹一个多么好的家、多么温暖的家。儿女们在父母这两棵大树下，就像一群快乐的鸟一样在成长。我记事的时候，父亲就已经从县医院调到县委办公室工作。他有很好的文字功底，会写文章，有很高的情商，懂得如何与人沟通和处理一些棘手的事情，非常年轻就成为县委办公室主任。他在河北举目无亲，一切成长和进步都是依靠自己的力量。

那个时候的广宗县委大院，在老县城的某条街道上，我小时候常常去父亲的办公室里玩，可惜的是父亲办公室里除了办公桌、文件柜之类并没有什么好玩的。某一天，在父亲的办公室里我极力想找到一点儿能吃的东西，父亲从他的抽屉里给我拿出了几个红红的颗粒，喜出望外的我以为是像葡萄干一样好吃的东西，塞进嘴里却发现嚼起来涩涩的并不好吃，原来是中药房里配药用的枸杞子。父亲看见我失望的样子，止不住笑起来。

忘不了在突然而至的狂风暴雨中，我行走在泥泞的街道上，瘦小的身体几乎要被风卷去。我在哗哗流过的雨水中，挣扎着恐惧着绝望着。忽然间，我看见风雨中，年轻的父亲正撑着一把红色的油布雨伞向我走来。他穿着黑色的长筒雨鞋，喊着我的名字，一把拉住了我在风雨中飘摇的手。那双手坚定而有力，让我那颗悬着的心回到了自己的胸腔。此去经年，这一幕是永远也抹不去的记忆，永远生长在我思念的土壤上。

县委大院是个非常大的院子，每一排瓦房的连接处都建有一个通道，是圆拱形的，那里的穿堂风很凉爽。大院里种满了高高的泡桐树，父亲说，种上这些树，是为了纪念和学习人民的好干部、县委书记的榜样——焦裕禄。这些泡桐树长得很好，每一年的夏天都会蹿上一截子，父亲说，看看这些泡桐树多像你，个子一年年在长高。

在那个古朴的县委大院里，后院是人们很少去的地方，那里长了好多的花草，夏天的时候长得非常茂盛。我喜欢在那充满神秘的后院里寻找自己的梦。那时我的梦中，离我最近的城市是邢台，远一些的有北京、长沙、广州，我在心里描绘着这些城市的面貌，渴望着有一天，走出那座县城，走向外面的世界。

一天午后，我徜徉在植物丰茂的后院，做着一些迷茫的梦。或许是累了，睡意悄悄袭来，不知不觉中眼皮一合，我就沉沉地睡去。天都黑下来了，大人们都下班了，父亲和母亲并没有看到我的身影，他们急得四处寻找，怎么喊我的名字，都没有人答应。最后在百般焦急的寻找中，发现我竟然正静卧花草丛中做着美梦。

当我被父亲唤醒的时候，恍惚间，竟不知自己身在何处，却感受到了父亲那喜出望外的心情。当发现自己刚刚就睡在花草之中，对夜晚的恐惧即刻弥漫而来。在漆黑的夜色中，我们离开了县委大院，父亲拉着我的手回家，问我饿了吧，冷了吧。在伸手不见五指的夜晚，我看见了家里的那盏灯，那一束灯火透出的光亮，闪耀着家的温暖。

有一年，父亲病了，那个时候，他是县革委会分管农业的领导。他去魏村指挥为老百姓打井，那口井打得很艰难，打井的设备非常原始，在选定的井址区域内打了好几次，才打出了一口井。因为又急又累，父亲在村子里就发起高烧。我记得父亲是被一辆牛拉着的大板车送回县城的，我和母亲出了县城北关去接父亲，父亲很瘦，脸色憔悴，躺在板车的一床旧被子里，见了我和母亲无声地笑了笑，用手抚摸了一下我的头。赶大车的把式头上包着白色的毛巾，他看见我的母亲，几乎掉下眼泪，说："都是为了给俺村打井累的，可不打这口井，俺村就要吃不上水了。"从那时开始，父亲就用他一生的行动，不断诠释着一名党的好干部的内涵。

1976 年，河北省委往保定地区选派干部，四十岁的父亲又一次背起行装，告别家人到保定地区徐水县委工作，后来又被调到曲阳县委。父亲在曲阳县工作期间，我们也一起搬家前往。十年之后即 1986 年，我们全家又从保定回到邢台。

父亲新任职的邢台地区外贸局，为他改建了一座平房小院作为住处。搬进这座新建的小院，父母兴奋地忙着添置东西，在院子里植树种花。那棵山楂树，从太行山脚下移过来的时候很小，父亲一锨土一桶水，亲手将其栽下。每年的春天，那棵山楂树都会开满花，那洁白的花，一朵朵散发着淡淡的清香，让整座院子都闪烁着梦幻般的光芒。父亲好像特别在意那棵山楂树，山楂树开花了，父亲会打电话，让我们兄弟姐妹回来赏花。山楂树下，父母为我们烧好开水，泡上茶，一壶浓浓的亲情，在岁月的凝练中愈加醇香。秋天的时候，那棵山楂树的枝头满是红红的果，越长越大、枝繁叶茂的山楂树，粗壮的树干早已经超过了房顶。每到山楂成熟的时候，父亲的电话又打来了："山楂熟了，该摘了。"摘山楂的时候，欢声笑语充满了这座小院。

大哥和妹妹喜欢到房顶上去摘，摘了一筐又一筐，而对于那些长在高枝上的山楂就要用杆子打，我和父亲在院子里撑开一个大大的布单子，接着那些身居高处的果子，免得落在水泥地面上摔坏，无法保存。父亲的心很细，早早地预备好打山楂的杆子、收山楂的筐子，一家人享受着收获的喜悦和人间的至爱亲情。之后，父亲会把这些摆在院子里的山楂分成若干份，送给邻居，送给朋友，送给儿女各自拿回家。这一年的秋天，又到了山楂收获的季节，却迟迟没有接到父亲催促收山楂的消息，直到11月份第一场雪都下了，父亲说："今年的山楂没长好，很小，本想让它们在树上多长些日子，看来再也长不大了，就收了吧。"

那一年，我们家院子里的山楂长得个头很小，吃上去又酸，与往年又红又大又甜的山楂相比，仿佛不是一个树上结的，让忙活了半天、最爱吃山楂的大哥有些失望。

谁能料想，这一树的山楂，竟是这棵树最后的奉献了。第二年春天，我去父亲的小院，看见那棵山楂树似乎有些异样，虽然长出了树叶，却是又小又弱，我以为它太干旱了，缺少水分了，就把树坑深挖了一下浇上了水。几天后我又来看望父亲，却发现那棵山楂树上刚刚冒出来的嫩芽和花朵，居然都回芽了，枯萎了，从树上飘落下来了。不知为什么，我仿佛能听见那些花和叶子坠落的声音，它们一片一片叠加在一起，在这个花草葳蕤的世界里，显得那么无奈和苍凉。

仔细看看那粗壮的山楂树干，树皮在一点点龟裂。这棵山楂树要死了，瞬间我的内心就掠过一丝不祥的预感。抑制不住的那份不安和伤心，让我躲在一个房间里掩泣，妹妹劝我说："你也太多愁善感了，一棵树死了你就这么伤感呀。"

我擦干眼泪，极力驱赶着内心不祥的预感，希望这一切担忧和不安真是我太过敏感了。但是我的侥幸心理落空了，那棵山楂树春天的时候死了，而父亲的生命之树就在深秋凋落了。这一切，是巧合还是冥冥中天地万物的感应？那棵在院子里生长了三十年的山楂树，用尽了最后的力气，为我们奉献了最后一季的果实，而懵懂无知的我们，居然还嫌它小嫌它酸。

父亲在他住院后的第六天突发心肌梗死，陷入昏迷。那一夜，医院的楼道里睡满了我们家的儿女和孙辈们。黑夜过去了，天亮了，父亲的呼吸却越来越微弱。我的目光，紧紧地盯着那台监测仪；我的手，紧紧地攥着父亲的手。父亲的手掌很厚实，依然是绵软的、带有温度的，我握着他的手，他已经基本上没有回应。这双陪伴我们长大、在风雨中拉着我们保护着我们的手，已经不再有力。医生让瘫坐在父亲病床前的我起来，让我不要太悲伤。我知道，只要撒开这双手，就会像当年失去母亲一样，在顷刻间，我就会与父亲天各一方、阴阳两隔。

最后的时刻，不可抗拒地到来了，被我紧紧握着的父亲的手，还是给了我一个回应，他用力地攥了一下我的手指。我突然想到那棵山楂树上最后一季的果实，多么像父亲拼尽全身的力气给我的回应。山楂树，那棵陪伴了他三十年的山楂树，像有灵性一样陪着父亲走了。

前不久，我去山东，车从冀南平原驶入了齐鲁大地上的聊城，那是我父亲的故乡，是生他养他的土地，是他生命出发的地方。看着车窗外万木葱茏、百花盛开，想起我已经归于泥土的父亲，想起他曾经是在这块土地上奔跑的孩子，不禁百感交集，泪如雨下，这块他生前心心所念的故土，父亲是回不去了。

父亲在世的时候，想去看看山西洪洞的大槐树，我们总是担心父亲了却某种心愿，之后会有什么不测，就没带他去。然而这一切努力，又如何能够留住父亲渐渐离去的脚步，就像我拼命地给那棵山楂树浇水，依然无法挽留住它的生命一样。面对着站立在人生终点的石碑，谁能逃脱走向它的脚步，一切多像一场梦。

这一刻，我坐在北戴河的沙滩上，看云卷云舒。橙色的夕阳在云层中一点点坠落，晚霞把洁白的云彩照耀得无比璀璨，那云层后边透过来的光束无比明亮。

远处有两只相伴飞过的鸟儿，我看不清它们的模样，只看见它们在轻快地飞翔，自由自在，仪态万方。我想到已经安葬在一起的父亲母亲，这对人世间的恩爱夫妻，在那个未知的世界里，他们一定会是这样比翼双飞的模样，那是我的父亲临终的心愿，他去找我的母亲了，他们是在人间相伴五十多个春秋的好伴侣。

多少关于父亲母亲的记忆，是永远刻在我们心里的。这记忆就像少时那盏灯，闪闪烁烁的灯火闪耀亲情的光芒，照耀着我们走向更辽阔的远方，直到人生的终点。

黄昏了，起风了，涨潮了，那白色的大浪汹涌而来又瞬间退去，多像在这永恒的时光里，来过又消失了的生命。当我这样想着的时候，脑海中不断闪现着父亲的身影，他伟岸的身躯，好像就站立在不远的海滩上。我多想走过去唤一声父亲，多想再看看父亲的模样，然而这些都是虚空的幻想……一切幻想都会换来更大的失落和悲伤，父亲已经去了我们永远找不到的地方。

一篇文字，怎能尽述父亲一生的风雨岁月？几许深情，怎能道尽父母双亲的似海之恩？愿那棵跟随着父亲一路离去的山楂树，在我们看不到的世界里，春天依然开一树繁花，秋天如期结一树硕果，陪伴我的父母双亲琴瑟和鸣、岁月静好。

无雪的寒冬

2008 年的冬天，无雪。往年的这个时候，漫天飞舞的雪花早已覆盖了华北平原的苍茫大地。而今，雪只无声地落在我的心上，让我感到一阵又一阵刺骨的寒意。因为，我母亲的生命就飘逝在这个无雪的寒冬。农历腊月初八，家家户户喝腊八粥泡腊八蒜的日子，我的母亲，她走了，永远地离开了我，离开了疼她爱她的亲人们。

母亲最初住院的时候，我并不以为母亲的病有多么严重，但一系列的检查之后，医生悄悄告知："你母亲肺部已经出现纤维化，这个病目前没有好的治疗方法，病人平均的存活时间只有两年左右。"医生跟我说完这几句话，就走了。我呆呆地站在走廊上，大滴的眼泪即刻簌簌而下。

痛彻心扉的惋惜中，我感到母亲生命的脚步正在渐渐离去，更加珍惜与母亲相处的每一分钟，无数次坐在母亲的床前，长久地凝视着母亲的脸庞，涌动在心底的是女儿多少不舍和依恋、痛苦和忧伤。母亲看着我的目光依然慈爱、纯真而安详。她并不多问她的病情究竟如何，没有多少焦灼和忧虑，生病、死亡，这些伤感的话题，母亲也很少谈起。一生特立独行、从容豁达的母亲，犹如一朵即将坠落的梅花，虽然此刻雪压霜枝，却是如此平和而美丽。

今天又是立春，母亲在我家住的这些年，年年立春这一天，母亲会早早地准备了红布条，逐一扎在每个房门的把手上。然后又把这些红布条系在每个家人的衣服上，女儿的、女婿的、外孙女的，哪一个都不能落下。一条红布条就是一个年轮，寄托着母亲一年又一年对儿女的祝福和期望。可是今年，我再也没有了母亲，没有了她亲手系上的红布条。

知道母亲终究有一天会离去，我买了一个 DV 相机录下了母亲的音容笑貌。想着哪一天母亲不在了，找不到母亲了，我拿出来看一看。可是直到今天，我一次都没敢打开过，不看这些我尚且还有擦不干的眼泪。

母亲的病使得她并不能再为我们做什么了，可那颗母亲牵挂儿女的心却是越来越重。我感冒发烧，医生来家里给输液，那时走起路来已经呼吸困难的母亲必然会一步步挪过来，守在我的床前，看着药液一滴滴地输完。就像我小时候生病，母亲也这样守着我。印象最深的是那次生水痘，只觉得全身又扎又痒，母亲为我支撑着盖在身上的棉被，拿开了怕冷，盖上怕扎……来来回回，彻夜未眠。

　　小的时候啊，母亲就是我的天，母亲就是我的地。进了家门，第一句话就是："俺娘呢？"看不见母亲的身影，那心里啊，就没着没落地难受。独自坐在家门口的石门墩上，等着盼着母亲回家。只要看见母亲的身影出现在胡同口，我就一路小跑奔过去，拉着母亲的衣襟，搂着母亲的手。一次，母亲跟单位的同事出差，没有告诉我，当天也没能回来，夜里梦中习惯性去摸母亲的乳房，不承想摸到的却是父亲的后背，半睡半醒中，小手竟气恼地拍了父亲一巴掌。

　　陪母亲在医院度过的时光，虽然紧张，虽然疲惫，但是我还拥有母亲啊。我可以尽一个女儿的孝心，我可以用心伺候母亲，每天把热乎乎的毛巾擦在母亲的脸上，敷在母亲的眼睛上，母亲说："真好！"用热水洗了母亲的左脚洗右脚，擦了母亲身子的左边擦右边，我为母亲翻身拍背涂上爽身粉，脸上擦上香香的油脂。我对着母亲笑，我说："我要把娘伺候得香香嫩嫩、白白净净。"母亲也笑说："我在享福，在享女儿的福。"

　　母亲又一次病重，深夜，医院下了两次病危通知书，所有的亲人赶到医院，守在母亲的床前。母亲一直昏迷，吸着氧气，输着液，依然呼吸困难。母亲喝不进水，吃不进食物。我用医用的棉签蘸一点儿水沾一点儿奶，一点点地抹在母亲的嘴唇上，一点点地浸一点点地擦。或许，亲人的悲情至爱感动了上苍，两天之后母亲终于清醒，望着身边的亲人，一一拉过来，把手贴在每个儿女的脸上，来来回回深情地抚摸着，脸上依然盛开着微笑。

　　母亲的内心深处是顽强的，即使遭受着这样的病痛，她依然同一生中的其他任何时候一样，从容面对磨难。与母亲一生相濡以沫，此刻心情非常沉重的父亲在病房里看着即将经历生离死别的老伴，七十多岁的老人不禁泪流满面。而在病床上饱受病痛折磨的母亲，却在宽慰着父亲。那是怎样的一种带着自信、从容、幽默和率真的语气，母亲说："你做啥呢？现在这个屋子里没有像你这情绪的人，都是一片笑声。"是的，母亲脱离了危险，活了过来，所有的亲人，都宽慰地出了一口长气。母亲那庄重灿烂的笑容，宛如金色的菊花在微风中舒展。

　　可是这种宽慰何尝不是短暂的，母亲的病，没法治。为了挽留母亲的生命，北京求医海南购药，中医西医专家偏方，哪一样管用？哪一样能留住母亲的生命？

　　母亲又一次住进了医院，这一次是感冒发烧，可就是这简单的感冒却非同寻常。上次出院时医生曾告诫我们的话，像一把利剑时时悬在心上："千万不能让你妈感冒，否则那就要了老太太的命。"在家养病的日子，更是提心吊胆地防着感冒。真的应验了医生的话，母亲住进医院的第八天，病情突然加重，生命垂危。母亲最后的日子还是来了，在母亲弥留之际，我寸步不离母亲的左右。抚着母亲的手，母亲的手依然暖暖的；摸着母亲的脸颊，母亲的脸颊依然柔软而富有弹性。最后一次再为母亲擦擦脸，再为她抹上香香的露柔柔的霜……

　　晚上九点四十五分，母亲闭上了眼睛，她走了！任亲人千呼万唤、椎心泣血，母亲没了任何反应。她手上的温度在一点点地消失，渐渐变得冰凉。温度啊温度，多么祈望那可爱、难以企及的温度，重新回到母亲的身体。我紧紧握着母亲的手，最后不得不撒开——撒开母亲的手，顷刻间就已和母亲阴阳两隔啊。

世界上最疼我的那个人去了，没有了，像雪一样消融，像水一样蒸发了，永远从我的身边消失了。

母亲走了的那段日子空旷而寂寞，我感觉整个人木讷了许多，脑子非常乱，有时一些非常熟悉的人和事却怎么想也想不起来，我说我是不是得了脑萎缩，爱人说："人经历一些大的打击，必定会丢失一些东西。"或许我生命中的一部分真的随着母亲的离去飘逝了。

因为隔着年关，为母亲戴孝的日子，很短暂。戴在右臂上的那个孝字，我倍加珍惜，无论是在什么场合，换什么衣服，我都不忘好好地把那孝字徽章戴上——为了寄托我对母亲的追忆和哀思，也为让我的亲朋好友，还有那些走在大街上的陌生人，知道我刚刚失去了母亲，知道我心中的委屈和哀痛。

寒来暑往，秋收冬藏，云腾致雨，露结为霜。生与死，本是人生路上一件正常的事，世间所有的生命，哪一个能逃过时间的追逐而永不凋零呢。可是活着的亲人怎样才能学会面对这种生离死别的苦，学会承受这种刻骨铭心的痛。

这是母亲曾经住过的房间，那红色的剪纸窗花依然新鲜耀眼。这是母亲曾经睡过的床铺，用过的一些衣物依然整齐地放在枕边。这熟悉的场景、亲切的记忆，却无意间一次又一次刺痛我的神经，让我在一个又一个瞬间热泪盈眶。

时光如烟，那些幸福的岁月，已在风中羽化成点点碎片，无法重温，而母亲的容颜在我的泪眼迷离中愈加清晰可见。即使可以把那些流淌的悲伤一饮而尽，也终将成为我一生一世永远抹不去的伤痛。

春天的时候，院子里母亲亲手栽下的石榴树上，繁花又将次第开放。那一树火红的繁花，还是旧时的模样，它可知道我是如此悲伤？

长空黯淡，芳草萋萋，走遍这个世界的角角落落，找遍这个城市的大街小巷，哪里还能看到您，我亲亲的娘！

母亲，如梅花在我心中绽放

　　一个人走在大街上，刚刚下过雨，空气湿润而清爽，微风不时拂面而过，这是一个很好的天气。然而一些剧烈的痛却不时由心底泛起，一切源自那个无雪的寒冬，失去母亲的伤痛，已如一场挥之不去的噩梦，潜藏在我的灵魂深处。四十多年和母亲相依相伴，形影相随，十指连心。失去母亲，送别母亲，犹如生生夺去了我生命的一部分，使得我常常会有莫名的疼痛、虚幻的失重感。

　　每次走进人民医院那座高耸的住院大楼，心就会不由自主地收紧，伤痛就会在瞬间一分一分地加剧。这座大楼是我和母亲生离死别的地方啊！母亲在这里度过了她生命最后的时光。

　　多么怀念陪母亲住院的时光，那个时候，我拥有实实在在、活生生的母亲，我看得见母亲的脸，摸得着母亲的手，进了病房可以亲亲地喊一声："娘！"母亲就甜甜地应了。病榻上的母亲虽被病痛折磨，却坚强、乐观、可爱，从来不过多渲染自己的病痛，对儿女的要求和索取极少，非常容易满足。

每当夜幕降临，吃过晚饭，我打来热水为母亲洗漱，从来没有那么认真地端详母亲的面容，母亲的脸颊摸上去胖乎乎的，很柔软，虽然有皱纹却依旧不失细腻。每次分别的时候，我都忍不住在母亲的脸上亲上一口，因为我知道，我能拥有母亲的日子已经不多了，为母亲尽孝的时日也已经屈指可数，母亲生命的脚步正在亲人们心酸和无助的注视中一步步走向尽头。

曾经无数次流着眼泪在心底呼唤：谁能治我母亲的病，能救我母亲的命！肺纤维化，竟让中医无奈，西医摇头。这是多么让人揪心和残酷的感受。

母亲去世前的那个晚上，当我穿上厚厚的羽绒服准备离开的时候，时而清醒时而昏迷的母亲，忽然努力睁开了眼睛，慈爱的目光久久注视着我，这道目光充满割不断的牵挂和柔情，我被母亲的目光深深吸引，我和母亲就那样默默对视着，不知过去了多少时间。夜深了，值夜班的哥哥，催促我先回去休息，我实在不忍心在母亲那样恋恋不舍的目光中离去，在离开病房的一刹那，我一狠心关上了病房的灯，在黑暗中与母亲悄然告别。没有想到，这个夜晚就成了我和母亲的永诀。第二天一早当我再次来到母亲身边的时候，母亲已陷入沉沉的昏迷状态，她老人家的眼睛再也没有睁开过。

永远难忘的是母亲弥留之际，我坐在母亲的病榻前，将左手轻轻地放在母亲的额头上，右手紧紧地握着母亲那胖胖的给了我无数温暖的手，奇异的是，已处在昏迷状态的母亲，在她生命的最后时刻却反过来用力地揉捏了几下我的手，居然让我感到是那么有力量，这是母亲用尽了她生命最后的一点力气做到的吗？她想用这种方式对她的女儿传达什么？在无言的震撼和悲伤中，我珠泪滚落。随之，母亲的手渐渐失去了力量，慢慢松开了，透过飞溅的珠泪，再看母亲，母亲已停止了呼吸，她已经走了。这个时候，我依然紧握着母亲的手，那胖乎乎的手指，可以弯曲，依然有些弹性，但那些无情的温度正一点点从母亲的手上散去，让我感到了一种彻骨的寒冷。

在众人的劝说下，心目中母亲那双世间最美的手，已从我的手中轰然滑落。这沉重的滑落声，宛若一口大钟撞击着我敏感的神经、疼痛的心房。我知道，从此，我和母亲生死相隔，永无相聚之日。

送走母亲之后，难以抑制的悲伤，仿佛已将我的五脏六腑融化，内心一下子变得孤独而空荡。母亲在世时，无论春夏秋冬，只要是外出，我总是习惯用我的右手挽着母亲，母亲的手臂很温暖。就那样小心翼翼地认真挽扶着母亲，使母亲衰老的步履不再蹒跚。那个时候，我的内心充满幸福，我是母亲的拐杖，母亲是我的依靠，就像儿时母亲牵着我的手走在人生路上一样。

而今，母亲去了，我就这样常常漫无目的地游荡在熟悉的大街小巷，却在内心深处用力去寻找，期盼那个熟悉的身影，在这些母亲生前常常出现的地方，能再映入我的眼帘，可是这虚无的期待，近乎愚蠢的寻找，又如何能实现？这个世界上，我已经没有了母亲，她已经远远地走了，像一阵风，像一片云，消逝在我永远无法知晓的地方。

能与母亲相依相偎的时刻，只有在梦里重温。每次梦到母亲，母亲总是微笑的样子。在梦里，母亲的一切是那么真切，她或是走来走去做着家务，或是安静地坐在我的身边。母亲身上散发出来的那份慈爱让我在梦中沉醉。在这份半睡半醒的回味追忆中，母亲的微笑是那样美丽。我最喜欢母亲的坚韧、豁达和善良。母亲幼年丧父，从未感受过什么是父爱。外婆一个人带着两个女儿艰难度日，兵荒马乱，背井离乡，去乡下投奔亲戚，可是在乡下，孤儿寡母又备受欺负，为一把豆角、一个南瓜也会惹得母亲的舅母一阵吵闹，逃灾躲难、寄人篱下的日子，使年幼的母亲备尝人生的艰辛，也练就了母亲倔强坚韧的性格。

而我，从小到大，都有父母这两棵葱茏的大树，为我遮风挡雨，给我幸福的生活。我太经不起人生的磨砺了，有一些小小的困难，就会觉得是道难以逾越的鸿沟，就会习惯性地去寻找母亲的安慰和帮助。每次伤感地坐在母亲面前，期待着母亲给我一个快乐起来的理由时，母亲在听完了我的倾诉之后，脸上的表情从来都是波澜不惊的，她坚毅的目光有着穿透我心灵的力量。母亲笑我太敏感太脆弱，她最爱对我说的两个字就是：没事！从灿若菊花般微笑的母亲口中说出的这两个字很是随意，但对于我，有着一种超乎寻常的力量，在人生的路上不断地鼓舞着我，激励着我。

在弥留之际，母亲一定非常难受，但她几乎用尽生命最后的一点儿力气，几次紧握我的手，这几乎让我心碎窒息的紧握，一定包含着即将离开人世的母亲对我难以割舍的牵挂和期望。

和母亲一起居住了四十年之后，我买了新房，搬了新居，之后每年父母都会来我的新家居住。在我家居住的日子里，母亲喜欢坐在宽大的平台上，透过明亮的落地窗，欣赏着公园里的绿树鲜花，同时也会注意到公园里那些拾荒者，尤其看见一个个拾荒的老人掀开垃圾筒的盖子，久久地朝里张望，期望看到一两个塑料瓶子或易拉罐，常常又失望地离开的时候，母亲总会发出惋惜的感叹。有时实在看不过去，她就把家里的空瓶子一类东西递下去，送给那些将在失望中离开的老人。而那个时候的母亲因病走起路来已是气喘吁吁。

岁月流转，那些辗转在我家楼下公园里的拾荒者，依然你来我往，偶尔也会有人仰着头朝我家的玻璃窗张望，而那个曾经坐在平台上的母亲呢，她如今身在何方？

去父母居住的平房小院看望父亲，从大街走进胡同，远远地，就看见了父亲，一个人孤零零地坐在石头墩子上。一刹那，眼泪涌满了我的眼睛。相伴了五十多年的两个人，风雨同舟，恩爱有加，如今只剩下父亲如一叶孤舟，半年的时间，父亲的一头黑发已经花白。望着苍老的父亲、孤单的父亲，想着远去的母亲，我心如刀割。

　　走进小院，院子里母亲栽下的石榴树上，石榴已红红地缀满枝头，它们长着长着就会像姑娘的笑脸一样裂开了嘴，里边那一颗颗晶莹的石榴籽，透着粉红色的光泽，酸酸甜甜，汁香四溢。仿佛就在昨日，我和母亲坐在石榴树下，剥着石榴籽，品味着果实的甘甜，享受着生活的安静和美好。而今，石榴树下只留下我黯然神伤的身影。那样一棵幼小的槐树苗，被母亲从苗木市场买来，小心地栽下，像爱护自己的孩子一般用心。二十年过去，这棵国槐"出落"得非常漂亮，高高的树干早已超过了瓦房顶，枝头繁茂如华盖。夏日，那半开的槐花，欢快地挂在枝头，淡黄色的槐花芬芳四溢，像闪烁的一树繁星。我站在树下，纷繁的槐花一朵朵飘落在我的身上，我仿佛听见了母亲在对我说话，我仿佛看见了母亲欣喜的目光，我仿佛闻见了母亲身上亲切的气息。恍惚中瞥见母亲已从巷口向我姗姗走来，我一时情急，就要迎上前喊一声：娘……而善解人意的微风，恰好吹落繁茂的槐花，也摇醒我无端的白日梦。

　　母亲，您听得见我对您一声又一声的呼唤了吗？我知道，在这个世界上，随着您的离去，我早已丧失喊娘的权利。我常常望着身边走过的那些酷似您的老太太发呆，她们走多远，我的目光就会追随多远，我仔细地分辨着她们与您的神似之处和不同之点，有时候也会有一些冲动，能不能握住她们的手，就这样贸然地开口喊一声"娘"！可是人生在世，母亲只有一个，您是我生命中的唯一，我已经没有了这样的权利。

　　想您了，就只能在无数个白天和黑夜，仰头对着晴空万里，低头对着沉沉夜色，喊出那个熟悉而亲切的称谓——娘！您不知道我有多想您！您能听见女儿心痛的声音吗？

　　过去的日子已如沉入海底的粼粼碎片，任我千呼万唤也打捞不起。母亲那坚毅慈爱的目光，深深浅浅的微笑，曾为我化解过无数的困惑和彷徨。而今，我只能独自站立在岁月的潮头，去淘换往昔的风雨和幸福，还有那些让我永远无法释怀的怀念和悲伤。

　　"高标逸韵君知否，正是层冰积雪时。"母亲七十六年的风雨岁月就这样悄然逝去。一生经历过许多磨难的母亲，那种纯朴善良、从容豁达的优秀品质，犹如雪飞风舞中傲然绽放的梅花，不说岁月的苦寒，不言绽放的清香，只在用一种独特的方式，呈现自己的光芒，这种平凡而美丽的光芒无声地闪耀在我的心上。

　　青山依旧，故人难寻，遥望四方，我亲爱的娘，她已如梅花一样在我的心中绽放。

永远的外婆

常常感怀母亲与我女儿之间那份自然融洽的关系，而母亲与她那早已过世的外婆的感情也同样令人感动。

母亲是从困苦中挣扎过来的人，她生性乐观、倔强执着，从来不曾向生活低头。母亲幼年时就失去了父亲，家里只有几亩薄地，一头毛驴，我的外婆一手拉着一个女儿艰难度日，那情景，想起来是多么惨淡。

困苦中成长的母亲，终于有一天动了上学的念头，她渴望能够实现这个愿望。而外婆对母亲的期望是，在家纺棉织布。母亲眼见长久以来的渴盼终成泡影，便有些着急。外婆无奈地说："你把地里的秸秆都给我运回来，把地里收拾净了，我就答应你上学。"

外婆无论如何也不会料到，她倔强的女儿，一个十二三岁的小女孩，赶着小驴车一天一夜就将地里收拾得干干净净。

母亲终于如愿以偿，并且成了学校里品学兼优的学生。母亲每每提起这一段，眼睛里依稀闪烁着骄傲与自豪。母亲说："那个时候，我剪着学生短发，月白汗衫搭配黑色的小裙，我自己觉得做学生真是好极了，美极了。"有一次学校奖励两块钱，母亲买了两个烧饼、几个炸果子，飞奔着跑向三里外的她的外婆家。怀里揣着这些东西，心里只有一个神圣的念头，她要去回报自幼给了她无微不至的关怀与疼爱的她的外婆。

那个时候，母亲的外婆已经病得起不了床了，正是在那个夜晚，母亲仍和她的外婆睡在一个被窝里，手时不时地摸一下那软塌塌的乳房。而她做梦也没有想到，她至亲至爱、操劳一生的外婆就在那个漆黑的夜晚，静静地走向了生命的尽头，走向了另一个世界。

这一打击给母亲带来的伤痛是巨大而刻骨铭心的，母亲每一次忆及都眼含泪水，母亲说她的外婆给她的爱甚至超过了她的亲娘。

兵荒马乱的岁月，母亲那时常常住在乡下她的外婆家，遭她舅母的白眼与无端斥责，是她的外婆一次又一次翼护着她。母亲说她的外婆那蓝色的大襟衣衫，不知为她擦拭过多少伤心的泪水，那蓝色大襟衣衫里温馨而舒适，是最好的遮风避雨所在！母亲说她外婆家那小小的土炕便是她眼中的万宝之地。她的外婆会猛不丁从她的被卷里抽出一个金黄的窝窝头、一个温热的白面馍馍、几颗花生、几个红枣。还有那嗡嗡的纺车声，伴着她做完了一个又一个甜蜜或苦涩的梦。这一切，给母亲困苦的童年带来了无尽的温暖与慰藉。

母亲凭着乐观坚毅的性格从困苦的岁月中走过来，成家立业，而我们兄妹几个又无一例外地在我们的外婆的照顾下长大。外婆给予我们兄妹的无微不至的关怀更是难以用苍白文字尽述的。

母亲六十有余依旧不忘她的外婆，我的女儿也在她的外婆亲切呵护之下渐渐长大。外婆啊，永远的外婆，这至真至善的情结，是人生一杯壮行的酒啊，永远香香醇醇、浓浓酽酽……

心中永远的痛

秋天的一个上午，阳光依然很好，可是我的心情很糟。外婆在昏睡了两天两夜之后，终于在平静中走向了另一个世界。

漫漫九十年长路，凄凄九十载风雨，外婆迈动着她那一双小小的"三寸金莲"走到了人生的尽头。我小心地为外婆合上那张不再翕动的嘴巴，就像关闭了一个人一生的闸门。

我为外婆穿上了她早在十年前就为自己准备好了的衣服，棉袄是她几十年前出嫁时穿过的，还是新崭崭的。那穿在最里面的宽大的衬衣，是外婆用亲手纺织的土布做就的，外婆的女红做得真好，匀匀实实、平平整整。外婆穿戴整齐、神情安详地躺在那里，我俯下身一次又一次凝望那张熟悉的面容，轻轻地触摸一下她的脸颊，方才柔软温热的气息，早已消失殆尽，我的心也随之冰彻肌肤般地寒冷。不必细说那些失去亲人时撕心裂肺的哀伤疼痛，此时此刻只有一个念头萦绕在我的心头：走遍这个世界的东西南北、角角落落，何处可以觅得那朝夕相处的亲人的踪影？日日月月、年年岁岁，何时才是走远了的外婆的归期？……

收起如雨的热泪，走出房门。抬头仰望高高的梧桐树上，一片衰老的黄叶，在风的吹拂下飘离枝头，盘旋着画出一道弧线之后，悄然落地。而人的死亡，一个人生命的坠落却远远没有如此轻松。没有人能够知道，外婆以怎样的心情去感受那紧追不舍的死亡的威胁，只闻得病床上一声声呼唤："娘——娘，俺想俺娘。"随之老泪横流浸湿了枕巾，也打湿了我颤抖的心。一个九十岁的老人在自己生命的最后时刻，撕心裂肺地呼唤着自己已逝去几十年的娘亲，作为晚辈，一个个无能为力的晚辈，只能束手而立，心如刀绞。

病榻上的外婆一天比一天吃得少，身体一天比一天孱弱，就是这样，九十岁的老人连眼皮都无力睁开了，却坚持挣扎着下床方便。每次将外婆从床上抱下来，都带着一种使命感，老人一辈子仁义，一辈子没有让人伺候，一辈子不愿意麻烦别人。可怜外婆仅仅在床上躺了十五天，就让我永远地失去了孝敬她的机会。

外婆知道自己大限将至，弥留之际又对我们声声叮嘱："我死了别太难过，傻人才哭死人啊。"不哭，又如何能够不落泪，想想外婆的一生，又是如何不易。

外婆出嫁不到两年，外公就去世了。外婆拉扯两个女儿艰难度日。姨母虽不是外婆亲生却是外婆一口饭一口水喂大的。结婚没有多少时日的外婆抱着姨母，到处找奶水。姨母家的表哥十多岁时知道他的外婆不是亲外婆，当时大哭一阵之后，感慨道："外婆不是亲的却给了我如此深沉的关爱，而那亲外婆却不曾管过我一天。"

兵荒马乱的岁月，一个女人领着两个孩子终日惶恐不安，听见那日本人砰砰乱敲的声音更是心惊肉跳。三根檩木顶着大门，母女三人各抱住其中的一根死死地不放。县城被日本人占领，外婆有家不能归，只好领着两个女儿回娘家躲避，却又常常遭到蛮不讲理的其嫂子的责难，因为一瓢水一个瓜都会惹来一阵大骂。在人家屋檐下那黑一眼白一眼的日子里，与两个女儿苦苦支撑，忍受着被轻侮的煎熬，然后抹去两个孩子脸上的泪水，擦干自己的眼泪，颠着小脚，含辛茹苦，晃晃悠悠地挑着生活的重担一步步地往前走。

外婆是一个没有上过学的农村妇女，对于世上的许多事说不出多么高深的道理，她一生一世念的就是正直为人，勤勉持家过日子。她有一腔朴素真挚的情怀。

在外婆的床前，我为她擦洗身子。外婆那曾经温暖无比的躯体显得如此瘦弱。外婆的怀抱可是我少时的依偎与港湾，那双手虽粗糙，可是抚在我儿时的脸上是那样温柔。外婆神志清醒时，对我悄然叮嘱道："等洗好了，把俺的指甲剪一剪，让俺一路走好。"握着外婆尖尖的小脚，不由得悲从中来，这所谓的三寸金莲，就是将那正常生长发育的脚趾一个个扭曲变形，然后被重重地踩在脚底，永远不得复原。

　　由此观照外婆的一生，二十多岁守寡，从此心如枯木，与任何男人无缘，一心一意守着所谓的家业，漫漫长夜，孤灯清影，苦不堪言。

　　在那些日暮黄昏时分，外婆爱独自坐在院子里晒太阳，暖暖的阳光照在外婆多皱的脸上，她总是一副陶醉的样子。可当那些历历在目的往事，从她的胸中滚滚而过的时候，其中又有多少幸福的回忆呢？仅仅那一段短暂的婚姻就将外婆的一生牢牢地拴在了王家的门里，年轻的时候她是王家的媳妇，老了的时候她是王家奶奶。有谁去真正体味过她是一个女人，一个有血有肉、有七情六欲的柔情女人。她的生命中没有一个可以说说笑笑、可以依靠的男人，没有人为她的幸福而幸福，为她的悲伤而悲伤。她一生内心的凄苦，又能对谁诉说呢？

　　外婆一生简朴，所吃穿花用的东西，几乎不抵如今一个大款几个月的开销。面朝黄土背朝天，一个汗珠子落下来摔八瓣儿，一个小钱一个硬币也要将它分成八瓣儿用。为她买上几角钱的东西她都嫌贵，那浑浊了的眼里满含感激。不，外婆你不应该这样，晚辈孝敬你那是天经地义，我们兄弟姐妹几个，哪个不是在你身边长大？三十几年的拳拳养育之恩，眷眷呵护之情，又该如何报答？

　　在空荡荡的老屋内，我和母亲一一清点外婆的遗物，除了几个破旧的箱柜——那也是外婆出嫁时的嫁妆，就是外婆平时舍不得穿用的衣物，被新崭崭地叠放在包袱里。面对着这赫然的清贫，我默然失声，无语泪流。环视老屋内，外婆用过的锅碗瓢盆、坛坛罐罐，静静地躲在一边黯然神伤，它们看上去是那样可怜，它们为外婆尽心尽力服务了许多年，虽然早已衰旧不堪，可有老主人在，它们依旧可以得到细心的呵护，如今在我们的眼中却只是些无用的弃物。

坐在土炕上，冰冷冰冷的，想起以往春节回家和外婆一起团圆，那小火炕是何等热乎！炉子上为外婆炖上些肉，小火慢煨，一股股浓香一缕缕温情尽在其中。外婆则是颠着小脚，微笑着翻箱倒柜找出一些吃食给我，而那些东西大多早已干硬变质，不能再吃了。外婆总是将她眼中的好吃食给这个留着，给那个留着，就是舍不得往自己口里放。

镶着黑边披着黑纱的镜框中，外婆的容貌犹存，一如既往温柔慈祥，静静地望着我们每一个人。我忽然感觉到，在人生的大幕上，永远会有一双默默为我们祝福的眼睛。

寒来暑往，秋去冬回。生与逝，自然界自有轮回反复的运行规律。但是对于人来说，生命只有一次。消逝不是划破长空不留痕迹的一颗流星，不是飘落风中扑向泥土的一片落叶。死，那是生者和死者心中永远的痛。六十多年前外婆的母亲逝去，六十多年后外婆在病床上辗转反侧声泪俱下对自己娘亲的声声呼唤，足以说明这对亲人经久的怀念与伤痛，永远不会随着岁月的流逝而淡化。

外婆，你远远地走了，我再一次哀痛地想：走遍城市的大街小巷，走遍乡村的角角落落，何处才能再看见你真实的微笑，何时才能再触摸到你真实的身躯？

外婆，你已走进我此去经年永远的梦中，你的逝去是我心中永远的痛。

　　外婆，不知我为你修剪的指甲是否合你的心意？走起路来是否不再硌脚？但愿你一路走好，远行平安。

　　冥冥中倘若真有另一个世界的话，我将用我一千次的祈祷一万分的真诚，祈求上苍赐给外婆一个知冷知热的贴心人吧。让她那一生一世深埋在心底的孤寂与凄清悄然冰释，让这个在人世间苦了一辈子的女人，有一个可以安放自己灵魂与肉体的温馨的家。

与土地相依的生命与灵魂

　　昨天夜里，我做了一个梦，梦里的许多情景有些模糊，但有一个细节异常清晰。在梦中，我的外婆从一条蜿蜒的乡间土路上向我蹒跚走来，她身后的风景很田园。天上无云，地上无风，夹路的高高的杨树，刚刚抽出的叶子油亮嫩黄，远远近近的原野上开满了大大小小的野花，泛着淡淡的清香。外婆还是老样子，依然穿着那件大襟布衫，月白色的，银色的发髻梳得光亮，像是抹了些油。小小的尖脚走在路上，步子迈得不大却显得颇为自信。她脸上盛开的菊花一般的微笑，异常灿烂。她走进我的房间，坐在我的长沙发上，拉着我的手，只是看着我什么都没有说，就在我刚要张口说话的瞬间，外婆却倏然隐去，一下不见了踪影。我随即从梦中惊醒，我猛然想起，我的外婆已于一年前故去，永远地离开我了。

　　我呆坐在沙发上，静静地回味着这一切，仿佛还可以触摸到她坐过的那个地方荡漾着的一缕不愿退去的微温。我又一次怆然泪下，外婆去世后的一段时间，我常常感到视力模糊，大概泪流失得太多太多……

　　外婆生前每次坐在沙发上的时候，总是把沙发说成是"发沙"，沙发——发沙，教她一遍又一遍，最终她也未弄明白到底叫什么。她一生除了拥有古老的八仙桌旁的那两把圈椅，就是一个木头做的凳子。对"沙发"这个外来词始终是陌生的。

　　外婆刚刚看到电视的时候，更是惊奇无比——电视是什么东西，一个小小方盒里怎么就会有人影晃动有声音传出。她围着电视一圈圈地转呀转，琢磨。外婆没有文化，是个传统的农村妇女，这些东西离她的思维太遥远了，她难以理解。

　　外婆最熟悉最钟情的是那土地，是黄黄的泥土里长出的庄稼。对她来说，那才是最为实在的，最为美丽的。

　　外婆的娘家曾经是有骡子有马有良田的大户人家，那时拥有许多土地的人家并不都是终日花天酒地的。他们也是世代的农人，靠的是一份勤俭、一份操持，积攒土地，苦苦经营，他们那个时候的生活并不奢华。只是那和着季节收获的瓜果梨桃、嫩苞米、小毛豆丰富着外婆童年的记忆，也加深着她一生对土地的钟爱。

　　外婆出嫁的时候二十岁，可她的婚姻，我以为并不是一种美好的选择，因为我的外公一向体弱多病，又刚刚死了妻子，外婆做的是填房。我曾经问过外婆何以会这样，外婆说那是父母之命、媒妁之言，是不容有自己选择的。可能仅仅是因为外公家也是一个有良田有骡马的大户，而这些东西恰恰又都被农人认定是最为坚实可靠的。

外婆说她小时候是很少有机会与她的父亲亲近的，她的父亲是个很严厉的人，整天忙于家里的各种事情，匆匆忙忙，他们吃饭都不在一张桌子上，连见面都很少。他无从理解闺中女儿的心思，他只知道，女儿嫁个有土地的门户，就会有饭吃，有衣穿，就会有好日子，一辈子不会受穷。

可是外婆一生有几天的好日子过呢？外公一直病恹恹的，生活的重担一下子就压在外婆柔弱的双肩之上。担水做饭带孩子，再有就是那一片一片的土地和土地里每个季节都需要侍弄的庄稼，这就是外婆婚后的生活图景。而外公对外婆并不好，常常因为一些小事而刁难她。

外婆婚后的日子是苦涩的，而且外公不久就弃世了，外婆她们成了孤儿寡母，日子的凄苦自不必说。仅仅两年的时光，外婆就从一个闺中待嫁、无忧无虑的少女，变成了凄凄惨惨的寡妇，岁月的风雨是何等残酷。

年纪轻轻自然会有乡邻劝外婆改嫁，说了一个又一个，外婆始终不允。个中缘由，我想除了传统的封建思想对外婆的无情束缚，更主要是那几十亩土地对外婆的牵绊。她也是这么想的，有房子有地就守着孩子过吧。这一过可就是近七十载啊！外婆在无数个清冷的夜晚，在无数个寂寞的黄昏，磨灭了自己的青春，熬干了自己的眼泪。一生一世恪守清苦恪守贞操，循规蹈矩，没有再与任何一个男人有过瓜葛，那所谓的贞节牌坊，我外婆可当之无愧地拥有一座。可是这世上哪一座贞节牌坊不是女人用自己的生命、青春、血泪铸就的，哪一座不记录着一段充满悲凉而令人心酸的人生历程？

我不知道那时候外婆是否也觉得苦，当白发苍苍的外婆坐下来回忆往事的时候，经常念叨的依旧是：那时候我们有地，很多很多的土地，夏天可以收一袋子一袋子的麦子，场院里可以垛起几座大麦垛。秋天的时候，有瓜有豆，有肥硕的玉米，有沉甸甸的谷穗……这个时刻，外婆的脸上会荡漾起些许微笑，充满幸福和满足，这是外婆最为陶醉的时刻。这就是土地对于一个农人的强大吸引力，想起它便会使一个纯粹的农人得到最大的宽慰与释怀，它独具的魅力甚至足以构筑一个人一生的生活轨迹。

去年的秋天，外婆在历经了九十载风雨沧桑之后，悄然辞世，被安葬在与她一辈子相依相伴的黄土地里，那曾经是她耕种了多年的土地，是祖上留下的。许多年来，外婆那一双尖尖的小脚，就一直那么坚忍执着地奔波劳作在这片土地上，那土地的芬芳与神奇，根深蒂固地附着在外婆漫长的生命中。如今外婆的生命从这个世界上消失了，但我相信她的灵魂将永远飞翔在这块土地上，永远会与泥土同在。外婆在另一个世界中依旧会有翻滚的麦浪、桃李的芬芳、碧绿的青纱帐。

外婆，你在那个地方生活得好吗？生于泥土归于泥土，你是田野、土地永远的守望者，你泥土般朴素的情怀、坚忍的性格、豁达的生活态度，永远令我难忘。外婆，我在心中为你树一座无形的丰碑。外婆，有空了，再来我的梦中坐坐……

一树繁花为你芬芳

那是多年前的一个春天，下午放学之后，我坐在那张极其简陋的课桌前，写完了老师布置的作业，便收拾书包，一路小跑回到了家。进了家门找到那个熟悉的玻璃瓶子，走到外婆面前说："我去逮老鸹虫了，好让咱家的鸡多下蛋。"

门外已经有英子在等我，郊外那片果园是我们的目的地。一路走着，就远远地闻到了花香。果园的围墙是用黄土泥巴垒起来的，不高，很容易就能翻过去。就是这矮矮的土墙也被人扒了好几个豁口，更是来去自由。园子中央有棵巨大的桑葚树，桑葚树下是一口古井，井台上竖着一个古老的辘轳，辘轳的摇把已经被磨得十分光滑，井水清澈甘甜。那只拴着绳索的水桶里，总是放着一只水瓢，谁口渴了，都能够很方便地喝上几口。

果园一带的土质是沙土，细腻松软，每到春季，在这一片桃红柳绿中，就会有许多老鸹虫。一种是黑色的，一种则是铜色的，我不知道它们从何处来向何处去，白天就只管在树林里飞来飞去。夜幕即将降临的时候，站在树下，用力摇动树枝，昏昏欲睡的老鸹虫就被摇落一地，黑乎乎一片，我们就赶忙动手把它们装进瓶子里。如果收获不多，还可以在沙土地里，寻找小小的洞眼，顺着虫洞一挖就可以捉到一些。

在我的印象里，老鸹虫最大的用处就是回家喂鸡。鸡吃了以后下的蛋又大又多，蛋黄会显现橘红色，看上去很是诱人，营养也更加丰富。但是有一段时间，家里的鸡蛋都被外婆悄悄存在瓦罐里，很少能吃到了。外婆说，攒够了鸡蛋，就带我去邢台，我姐来信说她的工友得了肺结核需要补充营养。一听外婆说能去邢台，我真的好开心，那是我姐姐工作的城市，也是当时我们地区行署所在地，距我当时生活的广宗县城一百多里。对当时的我来说，那里有宽广的马路，有古色古香的清风楼，还有五分钱一根的奶油冰棍，更重要的是，在那里可以看到我亲爱的姐姐。

满载而归的时候，已是夕阳西下，忽然看见了一辆绿色的吉普车停在我家门口，心中疑惑：难道是姐姐回来了？急匆匆往家赶，却看见我的父母和两个干部模样的人一起上了车，车子启动之后，一路向西疾驰而去。

回到家里，我忙问外婆，外婆抹着眼泪说："你姐姐厂里来人把你爸妈接走了，说是你姐出了工伤事故。""出了什么事故？我姐现在怎么样了？"外婆摇头说："不清楚。"失神的我手里的那个玻璃瓶没拿住，一下子就跌落在地上，老鸹虫撒了一地。院子里的老母鸡立刻扑棱棱围上去抢，我的心就像那一地黑黑的老鸹虫，顿时乱作了一团。

我的父母被吉普车接走之后，因为通信不畅，再无音讯，我的姐姐是死是活，究竟怎样，一无所知。外婆在失魂落魄中为我们做晚饭，有一搭没一搭地烧着火，心不在焉中饭已经开始煳了，她毫无察觉，一把一把往灶膛里添着柴火，直到煳味窜满了整个房间。掀开那口铁锅，一家人的晚饭只剩下浓烈的烟。那股浓烟就像乌云一样，弥漫在每个家人的心间。

那是多么难挨的一夜啊！乍暖还寒时节的夜晚，风尚有几分寒，比风更寒的是我们的心。我和哥哥一次次去门外等候，又一次次失望地回还。父母走后，家里老的老小的小，六神无主。那一夜，遥远的天穹挂满了繁星，一眨一眨闪着神秘的光亮，奇怪地打量着深夜难眠的我们。我和哥哥坐在院子里的梯子上等，看着天上的星星，期望我亲爱的姐姐能够平安无事。在梯子上坐久了，又爬到房顶上眺望，盼望远处的公路上能有那辆亮着车灯的吉普车归来。上去又下来，转来又转去，父母一夜未归。一家老小，在凄惘的等待中，度过了那个极为漫长的夜晚。

第二天，期盼中的父母终于回来了，我的姐姐也回来了，然而，那个爱说爱笑、温柔美丽的姐姐，她已然失去了生命。跟着父母回来的，是她那具早已冰冷的遗体。

肝肠寸断的悲伤中，怎能忘记不久前姐姐回家过年时的欢喜场景。记得那天下着大雪，从邢台至广宗的班车很少，一天也就一两趟。天快黑的时候，我和母亲骑着自行车，去汽车站接姐姐，一路上其实不能骑行，母亲就推着自行车，顶风冒雪，深一脚浅一脚地走着。坐在自行车上的我，自然体会不到风雪中行路的艰难，心里只有渴望见到姐姐的激动。

暮色中，一辆又破又旧的长途客车驶进了站。姐姐一下车，看见我和母亲非常高兴，抱住我转了一圈又一圈。微弱的灯光下，我看见母亲的脸上洋溢着幸福的笑容。

姐姐为外婆买了一顶帽子，是黑色平绒的，摸上去暖暖的、软软的。帽子的中间镶着一颗绿色的圆玻璃，像翡翠一样，非常好看。姐姐为外婆戴上之后，外婆照着镜子，笑得像一朵花。

姐姐为母亲买了一条蓝底白花的纱巾。姐姐为母亲围上去，又深情款款地绕来绕去，在母亲的胸前摆弄着。

姐姐为我买了许多彩色的橡皮筋，红的、绿的、黄的，一把一把地扎着。我细细地抚弄着，爱不释手。

姐姐又从包里拿出了她为家里带的年货，有香香的黑瓜子、嫩黄的蒜苗……

那是一个多么幸福的夜晚，外面风雪迷漫，家里炉火正旺，每个人都沉浸在姐姐归来的喜悦中，品尝着那浓浓亲情烹制的饕餮盛宴。

姐姐在兴奋中讲述着她在冶金厂的工作、学习和生活，甚至已经有年轻的工友喜欢上了她，有事没事就爱瞧上她几眼。母亲说，那你呢？你喜欢他吗？姐姐的脸颊立刻绯红了，那嘴角的一抹浅笑，那一低头的娇羞，多像含苞待放的花朵，笑起来花枝乱颤。

大年初二一大早，姐姐说带我去串门，我穿了过年的新衣服，欢天喜地地跟着去了。虽然很寒冷，但有姐姐的手牵着，我就觉得好温暖。推开两扇吱吱呀呀的木门，我看见了一位老人，她的年纪和外婆相近，却没有外婆的腿脚利索。她看见我和姐姐进来，又惊又喜，拉着姐姐的手左瞅瞅右看看，一个劲儿地说，妮你回来了，妮你回来了，亲亲地说了好多话。姐姐把带来的一包点心打开，拣了一块"到口酥"递给老人，就走到院子里，开始扫院子里的积雪。老人蹒跚着跟在姐姐的身后喊，别扫了，不碍事，歇会儿……扫完了院子，姐姐又拿起墙角的扁担去挑水。雪后的路上很滑，姐姐柔弱的双肩担不了太多，只接了两个半桶，打着晃儿，倒进了屋里的水缸里，然后又出去挑了一趟。

我知道，这是姐姐上中学时就照顾的那位老人，姐姐虽然已外出工作，却始终放心不下。

年后，假期结束回厂上班的时间到了，姐姐在依依不舍中挥手告别离开了家。谁又会想到，谁又能想到，姐姐这一去，竟再也没能踏进这个家；这一别，竟是生离死别。

其实，在他们厂里的吉普车来接我父母的时候，姐姐就已经去了天国。只是他们怕太突然刺激我们家人，就只说姐姐受伤出了事故。

出事那天一大早，姐姐像往常一样，把车间打扫得干干净净，坐在她的天车驾驶室里，准备开始一天的工作。然而，意想不到的事情发生了，究竟是怎样发生的意外，我不得而知。只听说在送姐姐去医院的路上，姐姐说的最后一句话是："我的胳膊太疼了，别拽着我的胳膊。"

没有人知晓，我亲爱的姐姐，最后是以怎样的心情去承受那突如其来的灾难。那一刻，疼痛和死亡的恐怖，一定紧紧地揪住了她那颗年轻的心。她一定挣扎过，想挣脱那死亡的威胁。然而，一切都已无法挽回，姐姐，我年仅十六岁的姐姐，最终还是被死神带去了。

我不知道，那天夜里赶到邢台，看见自己的爱女躺在医院里，全身已经冰冷，父母心底的那份悲伤有多么沉重。

我看见我的父母双亲，面色苍白，眼窝深陷，一夜之间就瘦了许多，父亲的两鬓平添了几许白发，更是刺痛我的神经。姐姐是被一辆大卡车拉回来的，上面放了许多花圈。她没有再进我们的家门，就直接去了空旷的原野。

姐姐的葬礼，惊动了广宗县城的四街一关，来了许多人。或许是那个时候的人们太闲了，或许是姐姐太年轻了，在外地工作的人少之又少，人们觉得惋惜，觉得心疼。

那个空旷的场院上，姐姐的追悼会现场挤满了人。我看见父亲哀伤的脸上，极力想保持平静的表情。在冶金厂的领导致完悼词之后，我的父亲也讲了几句话，他讲到了自己的女儿苗蔚，是怎样一个优秀的孩子，具备怎样勇敢坚强、温柔善良的品质，是怎样爱工厂，爱工友，孝顺父母，疼爱家人。情之所切爱之所深中，父亲的眼泪终于抑制不住地淌满了脸颊……

我的母亲只是失神地呆立着，巨大的悲伤令母亲早已经是欲哭无泪，她紧紧地抓着我的手，仿佛怕一不留神，就会失去她的另一个女儿。

而我只是没头没脑地哭，一场又一场地哭。泪眼迷离中，我一次又一次注视着姐姐的遗像，黑色镜框里已变成照片的姐姐，依然是微笑地看着我，看得我心痛。

姐姐的遗像其实是一幅画像，是照着姐姐的一张小照片画的，画得还真像。画像上的姐姐一如既往恬静、美丽，她那微微上翘的嘴角，总是带着天使般纯净的微笑，让人永远无法心生杂念。

最后，母亲攥紧我的手，上前和姐姐做最后的告别，我看见的姐姐，她并没有外伤，很安静，就像睡着了一样。

姐姐的墓地，就选在一望无际的田野上，那个时候，麦苗正在郁郁葱葱地生长，放眼望去是一片又一片的葱绿。姐姐的墓前有一棵梨树，此时，洁白的梨花正在静静地开放。湛蓝的天空，万里无云，蓝天映衬下的梨花更是雪一样地白。微风吹过，一树繁花落下了缤纷的花瓣，那洁白的花，顷刻间就像天空洒落的花雨，飘着袭人的花香，伴着那一锨又一锨飞扬的黄土，为姐姐这个早逝的红颜堆起了一座香丘。

葬礼完毕，坟茔堆起，昨天早晨还活生生的姐姐，就被掩埋在黄土之下。一家人回到家，相对无言，只有一阵又一阵承受着痛楚、折磨的伤心和悲泣。我又看见那只装鸡蛋的瓦罐，原本要给姐姐送去的鸡蛋已经装了大半。

可是如今，姐姐已撒手去了，就像一只断了线的风筝，再也难以复还。

　　处理完姐姐的后事，冶金厂的领导来我们家慰问，给了三百元抚恤金。三百元就为我姐姐年轻的生命画上了句号，做了了断。三百元，在当时，大概能够买两辆自行车；在今天，不够一顿饭钱。然而，钱多钱少，又有何意义，多少钱能让我姐姐死而复生？那三百元自从进了我们家之后，就被母亲原封不动地交给了我的外婆，母亲在外工作，是外婆含辛茹苦把姐姐带大的。那三百元抚恤金，就被外婆用两层手帕包了又包，揣在贴近胸口的衣兜里，一分都没有花过，就那样天天地贴着心暖着，暖着。外婆知道，这是用孩子的命换来的。

　　墓地一别，从此阴阳两隔。多少个黑夜和白天，那份刻骨铭心的想念，常常让我泪流满面。我知道，在这个世界上，我再也见不到姐姐，听不到她的笑声，看不见她的容颜。只有在依稀的梦境里，纯洁美丽的姐姐，她才会轻轻地走过来，满含微笑在我的面前闪现。

　　梦醒来，亲爱的姐姐，早已飘忽不见。

　　此去已是经年，又是春暖花开。姐姐，梨花虽无言，亦可寄相思，就让这年年盛开的一树繁花，永远陪伴着你，为你守候，为你芬芳。

姐姐墓前的哀思

天苍苍，野茫茫，蔚蓝色的苍穹覆盖下一片静谧。生长在这静谧中的那座小坟茔旁的野花，在微风的吹拂下，轻轻地、柔柔地摇曳，仿佛是怕惊醒了主人的梦。花开花落，岁枯岁荣，这些野花、小草守护神似的精心地守护着沉睡于地下的主人。

光阴似箭，岁月的泥土把姐姐埋在这孤零零的小坟下，小小的坟丘，划了一道生与死的界线。世间从此再也觅不见你的踪影，永远失却了你那可爱的笑脸。姐姐，你如此一个爱说爱笑的活泼的人，怎么就一下子走进了死者的行列，默默无声了呢？

姐姐走时仅是个十六岁的徒工，为了那台价值万元的机器，献出了年轻的生命。

　　撕心裂肺的场面，刀刻石镂般深深印在我的心间。呜呜咽咽的啜泣低回缠绵，下了霜似的，悲哀凝固了大人们的脸。

　　当白色的木棺从车上缓缓抬下，我挣脱表哥的手，拼命地跑上去，连声喊着："姐姐，我要我的姐姐！"我怎么也不相信那长长的木盒子里，竟躺着我曾经活生生的姐姐，我拍打木棺拍红了两只手。任凭那哭声喊声回荡，却怎么也摇不醒你那沉睡的梦。

　　记得你最后一次离家，临上车，我拉着你的手问："你什么时候还回来？"你说："很快的。"可谁也不曾料想，那竟是诀别！一个月后，我所见到的，是那个令人心颤的木盒子，你的灵魂早已化作青烟而去了。姐姐，你的灵魂究竟飘向了何方……

　　也就是在这最后一次离家前，为了厂里那位得了肺结核的师傅，你骑车到几里外的乡下高价买香油，从外婆侍弄的鸡窝里往外一个个掏鸡蛋……

　　那些年，工人阶级领导一切的口号喊得相当响亮，你也因此常常得意地说："咱也是工人阶级了。"那神态那语气无不洋溢着作为一个年轻工人的自豪感，惹得同学、伙伴羡慕不已。

　　她们总盼着你回家，因为你每次回来总忘不了给她们带些花花绿绿的皮筋、玻璃丝等女孩子喜欢的小玩意儿，给她们枯燥的生活增添些乐趣。你离去之后，这些大姐姐见了我就落泪。每逢周年纪念日，她们纷纷赶来扫墓，顷刻间你的墓上就放满了各色各样的花花草草，她们知道你爱花草，希望这些花草能够陪伴着你，那庄重肃穆的神情，寄托着深深的哀思。

十六岁的年华，多么美好的芳龄，含苞待放的花朵，在一个瞬间倏然凋零了，飘逝了少女那五彩缤纷的梦。十六年的人生之路实在太匆匆，太短暂了。如果你还活着，同样会有花一样的青春，金子般的生活。

姐姐，真想掀掉那泥土，掘开那坟丘，让你睁开眼看看爸爸妈妈，看看你的亲朋好友，看看这繁花纷呈的新生活。

然而，一切都不可能！死者难以复生。

情悠悠，思悠悠，斩不断的相思梦。睡梦里常见你从冥冥中升起，明亮乌黑的眼睛闪烁着热情，那明显上翘的嘴角，满含着微笑，姗姗走来。可等我走上去要拉你的手时，你却又悄然隐去。于是，悲哀一次次浸湿了我的心。

你是棵无名的小草，虽没有惊天的业绩、赫赫的战功，但同样是为国为公而去。姐姐，我为你感到骄傲！

大地无声

在冀南平原的广袤大地上，有一个名叫南乌的村庄，那里住着我的表妹桂花一家。

桂花高挑的个子，白皙的皮肤，说起话来快人快语，是个性格爽快的女子。无论寒冬还是酷暑，她总是早早地起床，洒扫庭除，生火做饭，在忙忙碌碌中，开始一天的生活。

桂花当年结婚的时候，是个春暖花开的好时节，她家院子里有一棵很大的梨树，树上开着洁白的梨花。我赶过来参加婚礼，在树影婆娑中，看见桂花的丈夫大龙满脸喜气，长得还真不错，个子高高的，眉清目秀，因为刚刚从部队复员回来，整个人还有几分英武之气。

桂花婚后的日子是幸福平静的，虽然不能算太富裕，但种些田地，收些粮食，辟个菜园，养鸡喂鸭，自给自足。大龙则在外面打些零工，挣钱养家。儿女双全，一家人的日子过得倒也不错。

桂花的厄运是从一个炎热的夏天开始的。

这一天的清晨，桂花依然起得很早，安置好一家人的早饭和孩子的去处，她准备去地里给棉花锄草掐枝打杈。棉花地里的活很繁重，需要不断地去打整，才有可能保持产量，获得丰收。虽苦虽累，桂花一盘算秋后卖了棉花可以攒下一笔钱，等攒够钱了建个新房，什么苦和累就都忘了。

扛着锄头就要出门的时候，大龙也推着那辆三轮车往外走，边走边说："今天有个好活呢，说不定能多挣点。中午回来吃凉面条吧，擦个黄瓜丝，砸点蒜。"

桂花高声答应着就往外走，沿着小路来到自家地里开始干活。太阳渐渐毒辣起来，临近中午的时候，桂花在太阳的炙烤下，心里竟莫名地起了几分烦躁。忽然远远地看见邻居王嫂骑着个破车子，慌慌张张地向她的棉花地奔过来。刚到地头，王嫂就丢下车子朝着她大喊："桂花，不好了，出事了，大龙被车给撞了！"

桂花跌跌撞撞跟着王嫂奔向医院，在医院的重症监护病房惨白的病床上，看见了早晨出门时活蹦乱跳的大龙，此刻满脸血迹，生死难料。

肇事的司机早已驾车跑得没了踪影。桂花把家里所有的积蓄都拿出来了，又四处举债，拼尽全力医治自己的丈夫。大龙的命是保住了，但最终由于颅脑损伤严重，失去了意识，成了植物人，可能再也无法醒过来了。

　　桂花觉得天塌了地陷了，心也碎了。

　　在住院治疗无望之后，心力交瘁的桂花把丈夫接回了家。从此之后，桂花既要照料丈夫大龙的吃喝拉撒，又必须去操持一家人的生计，膝下一双儿女还在眼巴巴地看着她。除了那一亩三分地，桂花一家没有其他经济来源，现在又多了为治丈夫的病欠下的一屁股外债，日子的艰难可想而知。

　　我去桂花家看她的时候，是在一个寒风凛冽的冬天。年关将近了，紧跟着寒风的脚步，纷纷扬扬的雪花已在悄无声息中不期而至。

　　寒冷的冬天，对于桂花一家来说，日子必定会更加艰难。虽然对表妹一家的情况早已了解，心中也早做了一些准备，然而，走进那个家门的一刻，我的内心还是受到了强烈的冲击：这是怎样一种景象——屋外大雪纷飞，寒风刺骨，本想踏进屋门之后能暖和一下，但桂花的家，屋内屋外，基本上是一个温度。

　　环顾屋内，几乎是家徒四壁。一架旧缝纫机上面放着一些未做完的活。一台洗衣机早已油漆脱落，锈迹斑斑，不知还能不能使用。一张沙发早已有名无实，露着里面的海绵，而海绵的颜色也难以分辨。只有堆在墙角的几袋大米和一桶食用油，尚飘散着几许人间烟火的味道——那一定是有人捐助的。

　　桂花没在家，说是去场院里背柴火了。两个孩子正蜷在床上取暖，弟弟的手上拿着两个熟鸡蛋，兴奋地说是邻居家奶奶刚送来的。孩子还小，尚不知忧愁，有吃的就好。

　　桂花从外边回来的时候，肩上背负着一捆体积很大的玉米秸秆，因为过于沉重，她的脚步几乎蹒跚着。院子里白白的积雪，在她的脚下一下子变得凌乱了。

　　桂花走进屋门，看见我显得有几分惊喜。我拉住她手的一瞬间暗自心痛：那是怎样的一双手——粗糙，红肿，布满裂口。桂花说，每天都要给大龙洗尿布，冬天太冷，寒风太烈。看见我关切心疼的样子，桂花有些难过。不过很快，一向说话高声大气、性格爽朗的桂花，飞快地抹去脸上的泪水，亲热地招呼我坐下。

　　那张破沙发上，堆满了旧衣服旧床单之类改成的尿布片，桂花不好意思地往里推了推，说这些都是大龙用的，每天不知更换多少回洗多少回。

　　我这才想起这个家里还有一个家庭成员，我掀开里屋的门帘，看见床上躺着的大龙，身上盖着厚厚的棉被，依然在一呼一吸间沉睡。

　　临近中午了，孩子们喊饿，桂花忙着做饭。是一些极简单的饭菜，只能用来填饱肚子，一双儿女却吃得很香。打发孩子吃完饭，桂花开始准备丈夫的午饭，温温的牛奶、五谷粉制作的流食只能从针管打进胃管，一点一滴，倾注着桂花对丈夫的深情至爱，时光在一天一天地流逝，这份爱却如涓涓细流，滋养着大龙的生命。

　　午饭过后，忽听大门外有响声，桂花忙往外走，只见她的哥哥推着一辆三轮车进了门，车上装着蜂窝煤。她哥说："快过年了，家里不能断了煤。"说着就往下搬煤。之后进屋在妹夫大龙的床头待了一会儿，说家里还有别的活等着，就起身走了。

望着哥哥远去的背影，桂花半天才回过头来说："你刚才问我，这么苦的日子我是怎么熬过来的，其实真的离不开亲人的支持和乡亲的帮助。还有好心人一直在资助孩子上学，逢年过节总有人送米送面，还有孩子的衣服、学习用具。你看这房子，每逢下雨就漏水，是市妇联找人修的房顶，还一次次为我家捐款，让我在一个个最难的关口坚持走过来。

日子真的很苦很难熬，但同时我又觉得很幸运，因为在我艰难的人生路上，遇到了很多好心人。他们热情的帮助和真诚的爱心，是我勇敢面对苦难的动力。只要大龙活着，我的家就是完整的。无论怎样我都要笑着把这个家扛下去，孩子在一天天长大，日子会好起来的。"

桂花说出这番话，有些出乎我的意料，一个农家女子在灾难和不幸面前，所表现出的那份坚强，那份不抛弃不放弃的坚守，以及涌动在人间的挚爱深情，都让我为之感动。

雪已经停了，我看见院子里那棵梨树的枝杈间，落满了积雪，银装素裹中宛如一树春天的花。告别桂花走出村庄的时候，已是暮色将近，雪后的茫茫原野处在一片寂静之中，放眼望去不禁心生感慨：此时的大地无声恰如人间的大爱无疆。虽然天气依旧寒冷，但在我的内心深处，涌动着一种异乎寻常的温暖和力量。

我的同桌

又是一个寒冷的冬天，情感与思维都几乎处于僵滞的季节。然而今年冬天多雪，纷纷扬扬的雪花，旋转着舞姿，静静地落在地上，为我们这个日益嘈杂的世界披上银装，给了我们些许生活的亮色。氤氲了几天的茫茫雾气之后，那洁白的雾凇，就像冬天里盛开的一树树繁花——许久没有见到过的景色，一种久违的熟悉与亲切感漫过心头。

年少的时候对于自己的命运、自己的未来，尚是一片混沌，只知道早睡早起去上学。寒冷的清晨，不需要大人们的催促，就急匆匆穿上厚厚的棉衣，去上早自习。常常是天还没有亮，就走出家门，天和地之间一切都是黑乎乎的，就慢慢地摸索着走。那时的冬天是常常有雪相伴的，雾凇成为上学路上的一道景观。上学虽然很辛苦，却没有如今这些孩子这样大的心理负担。我们可以自由自在走在上学和回家的路上，可以看地平线上的日升日落，朝霞晚霞映红高天。冬天，不管天气多么寒冷，迎着刺骨的小北风，跺着脚，呵着手，任凭室外怎样滴水成冰……

那时的教室没有电灯，早起上学的时候，要带着蜡烛，一人跟前一束闪闪烁烁的烛光，映亮了我们的脸，也摇曳着小小少年们对未来的无限憧憬。

我的同桌姓夏，她有着一头浓密的黑发，一张红红的脸膛，性格开朗好动。在教室闪烁的烛火中，夏也守着一支做着自己的梦，然而她的梦常常做得不好，尽管她也想努力将自己很糟的学习成绩提上去，却屡屡不奏效，尤其令她头疼的是造句和作文。有一次她实在没有办法，索性将所有用来造句的词语，前边统统冠以"我们"两字，比如：我们逃跑，我们飞翔……气得恨铁不成钢的女老师，每次发作业本，一念到夏的名字，皆以将作业本摔在地上为惩罚。这个时候，夏就硬着头皮走到讲台上，眼巴巴瞅着老师严厉的面容，小心翼翼地伸出手，捡起散乱在地上的作业本。这是她最不开心、最为失魂落魄的时候，那样子也很是可怜。为了少受一次罪，少吃一点苦，夏写造句作业的时候，总是私下里向我许愿：为她完成一次造句作业，她给我一个糖球。那是一种淡褐色的小球形的糖，有白色的花纹，表面还粘有一层砂糖粒，也不包纸，就那样放在大玻璃瓶里，摆在柜台之上。街上那唯一的食品店的售货员，总是将那装糖球的大瓶擦得很亮，使人一眼就可以瞥见那一颗颗圆滚滚的糖球，真的好馋人。

当我每次将糖球如愿以偿地送入口中的时候，却不见夏吃过一次，她总是十分专注地望着我满口生津的样子，悄悄地问我："好吃不？"我便瞪她："你给我的，还问我？"这时我发现夏一双明亮的眸子里有些无神。我猛然想起问："你买糖的钱，哪儿来的？"夏很无奈地摆摆手："我奶奶的鸡窝里掏的鸡蛋，还热乎着呢，就被我送到供销社收购站了……"我一下子恍惚，感觉自己有点像黄世仁，在残酷地剥削人家，于是不再收夏的糖球，但继续为她造句并代写作文。

夏在班里挨老师训的时候少了，对我的感激就多了。有一天中午，我去她家找她，玩着玩着，她就开始翻箱倒柜地找什么，衣物等被她一股脑儿从那口红漆箱里倒腾出来。最后，她拿出一包点心，在我眼前晃了晃，然后开始偷偷揉捏那些点心。我不解地问她为什么这样做，她神秘兮兮地告诉我，她奶奶说了，什么时候这袋成了末儿，什么时候才可以吃，一会儿我们就把它吃掉。我看见了夏在那天的黄昏，挨了她奶奶的笤帚疙瘩，夏并没有哭，一脸的镇静。

有一天上课的时候，夏神秘兮兮地塞给我一包饼干，是用淡黄色的油纸包装的，上面还有些淡红的圆圈圈，看上去很是撩人食欲。她兴奋地望着我，自信地说："这次放心吃吧，我自己挣钱买的。"

在那个天天白菜饼子的岁月里，我们所能吃到的零食，除了生地瓜、红萝卜，还有生豆饼。那豆饼吃上去非常硬，却也能嚼出一些香味。别的零食像饼干、糖果之类，大抵要从千年等一回的外地亲戚的手中得来，而家中的大人得到这些稀罕之物，往往是东收西藏，以便派个用场。

　　这一袋饼干打开之后我并没有吃几块，但味道的确好。夏在班里是个孤独的孩子，因为我愿意做她的朋友，她的心情也一天天好起来。

　　有一年夏天，我们学校来了几位包着羊肚毛巾的老农，倒背着双手，在学校里走来走去，他们是进驻我们学校的贫下中农代表。戴着眼镜的老校长，态度诚恳地跟在他们几位身后。贫下中农代表们的第一个决策就是，先从校内的几棵大槐树上入手，动员学生上树捋槐叶，铺在地上晒干之后，送去供销社出售，名为勤工俭学活动。在贫下中农代表们的指挥下，我们常常可以锁住课堂的大门，浩浩荡荡地全体出动，一年四季，总可以捞个割草、积肥、拾麦穗的活计干干。这一举措，使得我的同桌夏大为开心，而且无论什么脏活累活，一律干得最出色。社里养的牛和羊，需要储存冬天的饲料了，而地里的草也茂盛。又是一次劳动课，主要任务是割草，我和夏各背一个大筐，钻进尚未收获的青纱帐，回头看看自己身后一堆一堆的青草，心里想着要讨老师的几句表扬，干劲还是蛮足的。累了坐下来歇一歇，认真地打量，一棵挨一棵的玉米秸上生长着一个又一个的玉米棒，一层又一层的青皮包裹着一粒又一粒的嫩玉米，剥开一个小口用指甲掐一下，乳白色的玉米浆便冷不丁儿溅在脸上。抹下脸上的玉米浆，却勾起了想吃一个的欲望。一阵犹豫忐忑之后，便壮着胆子掰了一个玉米棒小心翼翼地藏在筐里。天色将晚，打整起一小堆一小堆的青草装成一筐，便走在回去的路上。那草筐越走愈重，夏将我远远地抛在后边，见我久久跟不上，便回头寻找，见我一副狼狈相，便接过我的草筐帮我一程。不时有路人和牛羊一一从我的身边匆匆走过，一下子就非常羡慕他们行走得如此轻松，更眼馋那些坐在牛车上晃晃悠悠的暮归者。

从县城最西边的田野上，将那筐草终于背到了校园内，负责收草的老师已经准备离去了，望着我们两个背着如此沉重的两筐草慢慢地走进学校，便有些感动。我想明天老师肯定要表扬我们。过完秤写上重量，写完了名字，便去草堆倒草。当我满心欢喜地将筐倒得底儿朝天时，那个早已被我遗忘的嫩玉米，变戏法似的从筐底骨碌出来，夏不由得一声大叫。说时迟那时快，夏见老师闻声赶来了，一下子抄起那个嫩玉米揣进衣服里，然后拉起我一路小跑。这样我们两个就钻进一个小树林，捡了些干树枝，挖了小坑，就烤起了那个嫩玉米，虽然烤得半生不熟，她一半我一半一起分享的那种滋味却让人难忘。

夏在班上的成绩也在大家的勉励中不断进步，更为重要的是，她的身上具备那么多的优秀品质——端庄大方，为人侠肝义胆。我是给了孤独中的夏些许帮助，而夏将此看作是对她人格的尊重，并将这一切看得非常珍贵。

中学即将毕业的那个冬天，夏很幸运地参军了。女兵那身威武漂亮的戎装，曾打动过多少女孩子的心扉，美丽过多少女孩子的梦。夏那时的成绩，已经不错了，个子也出落得大姑娘一般，颇有几分风姿。

　　送她走的那一天，也是大雪之后，雾蒙蒙的河岸上亭亭玉立的树木上的雾凇，与一身戎装、青春洋溢的夏相互辉映。我的心充溢着离别的伤感，涌动着对夏的羡慕与依恋。夏的眼泪也不断地从她的脸上滚落，一颗颗落在我冰冷的手上，我分明感到那泪水的温度，这离别的情谊也久久地回旋在我的心间……

玉的故事

刚刚结识玉并开始频频出入她家的时候，玉尚是个不起眼的农村女孩。玉个子不高但声音颇高，皮肤不白但眼睛极美。玉的家境那时也不太妙。她是被抱来的，只有养父与养母，她的身世她知道。她大了，常去亲娘处探望，养父母倒也不十分介意，看得出他们的感情和谐而融洽。

她的养父叫老五，家里有一张在平原旱地里并不多见的渔网。他就靠了这一张渔网，在附近并不丰富的沟沟塘塘下网捞鱼，奇怪的是他总能满载而归，一只渔篓背回他一天的收获。黄昏时分，玉家的院子里便架起了火，一口黑黑的大砂锅，里边大大小小剖洗干净的鱼，井然有序排列其间。什么葱姜蒜酱醋油各种佐料一应俱全。不一会儿，一股诱人味道便沁入人的肺腑。一开始是急火，然后便是细火慢煨，很是需下一番功夫的。

酥鱼在微火中炖到了火候，第二天一大早，老五挑着颤悠悠的酥鱼担子便出发了。一头儿是一口装着原汁原味的酥鱼的大黑砂锅，另一头儿压个扁而浑圆的石头以保持平衡。

老五的酥鱼是十里八乡远近闻名的，那味道及火候的掌握都是极独到的，已是做了几代的绝活。鱼的刺和肉一样酥软，便不必一根根剔刺，尽可以放心吃，老年人最为乐道，平常的日子舍不得，有个小病小灾吃上几口老五的酥鱼便是一份独到的享受了。

那时我是知青，去了玉所在的那个镇，住在离玉家不远的知青屋。或许是因为玉家常常飘起酥鱼味的诱惑，我总爱去玉家，看他们如何精心炖制一锅锅的酥鱼。那红红暖暖的柴火，常常使年少的我想家，想起家的温馨。

久而久之，我便成了玉家的常客。玉很热情，不像我，虽胸中涌动着滚滚热浪却依然少言寡语。玉见到我，会从她家热气腾腾的锅里，抻出一个滚烫的红薯或嫩玉米塞给我。玉会无所顾忌地拉住我，让我讲城里稀奇古怪的新鲜事儿。而我常常因底气不足，幽默欠佳，并不能使玉感到满意。尽管如此，玉仍极有兴趣，真奇怪她旺盛的精力从何而来。

那时我们常吃的饭食是高粱米蒸干饭，每个人轮流做炊事员。高粱米下了锅煮一阵子，便需要掌握火候捞上蒸笼。那次我和萍值班开火，待我们俩手忙脚乱大火猛烧一阵之后，大铁锅里的米咕嘟乱响，该捞起来了，才知道我们知青屋的笊篱早已稀巴烂，于是匆忙中萍起身去借。我看着锅里咕嘟乱响的高粱米干着急，而萍像忘了这回事似的久久不归。我眼巴巴瞅着高粱米要烂成了一大锅粥，萍才急匆匆地拎着个笊篱回来。在地里干了一晌活儿的哥们儿、姐们儿回来了，饥肠辘辘中望着这情景一通埋怨。萍哭着发誓今后再也不下灶做饭。

可说归说，做饭的差事还是轮着来。又轮到我们了，我灵机一动便叫来了玉。看着玉手脚麻利地淘米烧火，忙忙碌碌，在寂寞的乡下我甚至感到了一种母性的温情。

玉做好了饭，又别出心裁，弄了几样小菜，还从家里端来一碟连汤带水的酥鱼。那顿饭大家吃得真香，那酥鱼的味道吃一口你一辈子都忘不掉！知青们兴奋地嚷着。

玉望着狼吞虎咽的我们，便笑，那是一种很动人的微笑……

于是，玉渐渐常来知青屋，同时，便有几许意味深长的目光，穿梭交织与某男知青之间。还是我最早识破了这个小秘密，不知为什么，我意识到这对玉并没有什么好处，便有意无意间阻止困扰着玉若有若无的梦，隐隐约约暗示"飞鸽"与"永久"之间的利害关系，这可能就是所谓旁观者清吧。

不知是因为我的"阻扰"成功了，还是落花流水意之不足，反正，玉最终选择了本村一位家境不错人也不错的男青年做了终身伴侣，小日子过得不错。养父养母老有所养，慨叹自己的好福气，养了个好闺女。

一曲《小芳》曾经唱红神州大地，又一次想起在那片黄土地上过着朴实的农家生活的玉，暗自庆幸玉没有成为那首歌里可爱但可怜的小芳，没有成为站在村口大树下苦苦凝望的一种风景。那黄尘滚滚的阡陌古道上，潮一样退去的知青们，还会有归期吗？

秀

秀从田里回来，放下肩上那一大筐青草，就感到家里有种异样的气氛。她拨开人群迅速跑进屋子，看见父亲已直挺挺地躺在冲门口的床板上。秀即刻伤心地与姐弟们哭作一团。

秀的父亲，一个又高又瘦的老头，印象中他总是咳嗽不止、吐痰不止，一脸的忧郁。听说，年轻时是很伟岸的，一表人才。他不大喜欢秀的母亲，而钟情于后街一个貌美的女人。大约那个柔情似水的女人给他的生命以激情，他在外面的时候总是一副活泼幽默的鲜活模样，而一回到家里就打蔫儿。秀的母亲虽时常抗争却也无奈。有一天，后街的那个女人突然染病不治离他而去。秀的爹就一下子抽了筋似的再也没了精神，又染上了肺病，在郁郁寡欢中了结了生命。从此，这个本来就生计艰难的家，成了真正的孤儿寡母之家。

秀更是日日夜夜长在地里，忙完了活计，回家路上的青草筐愈加沉重。在这个黄昏，秀低着头，正一步一步数着脚下的路，忽觉背上的筐轻了许多，回过头看见一年轻男子正冲着她微笑。这男子一表人才，颇具几分书生之气。那男子边笑边从秀的肩上取下筐，背上颠颠地走在前边，说："你不认识我，我是你的邻居，刚搬来的。"秀在疑惑中想起与自己家遥遥相对的那一处荒置了许久的园子，近来忽而有了人迹，莫非就是这男子。这男子家原本也是一孤儿寡母之家，多年漂泊在外，如今男子长大了，带着双目失明的老母回老家寻根认祖。这男子不仅人生得好，活干得利索，还吹得一口好笛声，夜深人静的时候，悠扬的笛声从那荒置许久的老屋里飘出，给乡村之夜平添几分神秘。笛声也悠扬在秀的胸中，使她为之怦然心动。回想着那男子丢给自己的目光也如同笛声一样回味悠长，秀觉得这日子恍若做梦一般美妙。

与秀做着同样美梦的是她的姐姐云。

云大秀两三岁，颇有心计。瞅准了这个颇有灵气的男子，一阵穷追不舍，加上好事媒人的撮合，男子的老母又忽而在一个夜晚去世，这个男子很快就成了秀的姐夫。

姐姐结婚的时候，秀的心里说不清是苦辣酸甜何种滋味。她就远远地躲开热闹的人群，去地里割她的草，回来猛劲地喂她的猪喂她的羊。猪们、羊们吃光了秀割的青草，却吃不光秀心中深沉的失落与惆怅。秀和她的父亲一样，很快成了一副郁郁寡欢的模样。

有时偷眼望望姐夫，姐夫飘给她的眼神也有一种异样，秀即刻收了她有意无意的目光，咚咚直跳的心里，说不出是忧是喜，是祸是福。

秀的家在这个年轻男子的扶持下，一步一步地有了些生气，年幼的弟弟也一天天大起来，秀母亲的眼睛便不再那么红红的了。秀在这个家里，与姐夫终日一个锅里搅饭吃。终于有一天有关两个人的风言风语满街乱窜，姐姐云脸上无光却也奈何不得，发作不得，她已是两个孩子的母亲，要为这个家着想。

转眼晃过谈婚论嫁的年龄，姐姐急急地为她张罗着，而秀是一副满不在乎的样子。秀的婚事高不成低不就一年又一年地拖下去。眼看弟弟也已到了娶妻的年龄，秀在百般无奈中嫁给了邻村一个黑黑的汉子。那汉子可真是黑得出奇，与秀的姐夫形成了鲜明的对比。秀在娘家的日子并不比在婆家的少，那汉子则一趟趟地来唤他的婆娘回家，一前一后走在街上的时候，总会惹出许多怪怪的目光。秀自觉如芒在背，而那黑汉子则似乎一无所知，乐颠颠地跟在他的婆娘后面，很幸福的样子。

秀的日子就这样在多少不甘和无奈中一天天逝去。

故乡的云

　　很想念一位曾很要好的同窗，可惜她远在南国，音信杳然。

　　这种思念之情虽难比情人之念来得刻骨铭心，却也时不时极有韧性地在心头缠来绕去，使我常常会在某个夜深人静的时刻，生出一种沉沉的渴望，渴望见她一面。

　　命运已把每个人嵌定在某些固定的生存空间，多走出一步都是困难的。

　　中学时代，我曾与云同在一张桌子一条旧凳子上度过了几年平淡的岁月，因为青春年少总是耐不住寂寞，总想寻找些什么刺激。常常在老师上课前喊"坐下"的一刻，趁云不备偷偷一撤凳子，待云扯桌子磕板凳一屁股坐在地上之际，招来老师严厉批评的依旧是云。摔在地上的是她，弄出巨大声响的也是她，而假模假样端坐一旁的是我。

在老师责备之下一脸难堪悄悄爬起的云，对我并不过分恼火，顶多给得意扬扬的我半真半假的一嗔而已。令我大为感动的是云何以会那样宽厚与温柔，使我觉得云有一种令人心动的神韵，此后便自动终止了这种恶作剧。

那时节，我依旧是麻秸秆一样的身材，满脸有数不清的困惑，而仅年长我两岁的云不知什么时候悄然出落得丰盈而成熟了。面对着日益俊美、成绩优异的云，班上几个爱做梦的男生，常有几瞥意味深长的目光在影影绰绰地投向她。

班上有了劳动课，几个男生常常会为谁能与云分到一个小组暗地里较劲。如愿者便常常被失败者戏笑为"拴保"，面红耳赤、自作多情的"拴保"心底便灌满了蜜，干活时一愣一愣地傻卖劲。

云的确有一种诱人的魅力，她轻抿朱唇，眼波清亮，微笑着面对这一切，并未对哪一个男生产生特别的好感，惹得各个自信的男孩无端落寞与伤怀。

云渐渐成为班上瞩目的"星"，有好事者常常猜测云的来去行踪，一惊一乍地传说着云与谁谁好上了等等。甚至有一次几个同学煞有介事地宣称，侦察到了云到过某男同学家的证据——云的脚印，于是带着班上的其他同学去察看，样子极其神秘，神色极其紧张，好像特务行动。结果除了他们自己乱纷纷的足迹印满了小院之外，什么事情也没有发生。

那是一个月光如水的夜晚，云坐在我的面前，地面上隐约有几串飘落的槐花，散发着阵阵清香。她油墨般的长发闪着光泽，眸子里有盈盈碧波流动，她对着我微笑，神秘而动人的微笑。在这个月夜，我知道了云珍藏的一个美丽的秘密：云恋爱了！

我心生羡慕又有几分怅然，云是那样柔情脉脉、善解人意，与她在一起自有无尽的开心与愉悦……

然而云在自己朦朦胧胧编织的幸福梦中走向了一个深深的旋涡。那人虽爱云，却已是有妇之夫，云几乎一夜之间成了小城的"风云人物"，飞短流长，人言可畏。

终于，云这个家中的独生女，不顾父母双亲老泪横流，没有挨到毕业，就在一个风飘落叶到处是雨的季节，撑起一把伞走了，走向一个野外地质队。

我去送行，云苍白的脸颊上一抹冷冷的凄楚，在人前忍了很久的泪水终于再也关不住闸门。我只是默默地看着她的泪水和着雨水不停地滚落，此刻任何安慰的语言都会显得苍白无力。在云的泪水滚落中，我感到了一种痛彻心扉的惆怅，我的生活里失去了一位可亲可爱、相濡以沫的朋友。在这样伤感的季节送这样伤感的人，我的心好难平静啊。

只身一人身处他乡，那一把小小的伞，能为你遮那一方风雨，使你那颗脆弱的心不再受伤害吗？

走过校园走遍小城的大街小巷，我呼唤着你的名字寻找着你的身影，而你人早已在千山之外……

十年风尘岁月犹如浑然一梦，多少往事故人已在情不自禁中悄悄淡忘，而我唯独不能忘却的便是你——云，我的挚友。在这样的寒雨孤灯下，我又一次深深思念你！

生命如花

朝霞升起来的时候，芳芳走了。多么灿烂的阳光，多么温柔的风，也撩拨不开芳芳那双美丽的眼睛。她仿佛一朵含苞待放的花朵，就这样悄然凋零在岁月的枝头。坐在这个初春的夜晚，我又一次翻开那一页页情感的日历，芳芳的音容亲切依然，她留给人间的美丽与芳香依旧。

芳芳走的时候是十九岁，她的清纯、善良与美丽曾打动过无数朋友，可再诚挚的友情也挽不住她匆匆而去的脚步。她清澈的眸子、阳光一样灿烂的微笑、出水芙蓉一样的娇羞，曾使多少男儿痴迷沉醉。然而在那些多情的追逐与热辣辣的顾盼面前，她却始终保持一副心静如水的端庄与矜持。

芳芳的外表柔弱，说起话来柔声细语，内心却因为善良的滋润而坚强。连绵的风雨中为一位孤独无依的老人买米送粮，冷风冷雨吹乱了她的长发，吹得她杨柳一样的腰肢在风中摇曳。那时的小城没有自来水，一年四季，井台上常常有她的身影闪现，沉重的扁担压在她的肩上，她步履蹒跚，那柔弱的双肩挑给老人最深沉善良的爱，使老人在异常孤寂的晚年时时感受着人间的温暖。

上山下乡的大潮涌起，也未能丢下多病的芳芳。她和许多热血青年一起到了乡下，黄土地青纱帐，暖暖的大火炕，使她感受到了生活的五光十色。然而她的心脏病调治不得。

冬天的最后一场雪下过，芳芳的病日渐沉重。

回城的第二年春天，久驱不散的病魔终于摘走了这朵美丽的生命之花。时光在生命的枝头戛然，留下一道凄美的弧线，芳芳以永远青春的姿态封存了全部的美丽。

得知消息的那个黄昏，我呆坐在知青院子里的木梯上，遥望家家升起的袅袅炊烟，抹不去涟涟泪水和满面的凄然。

或许是因为这个悄然坠落的生命过于年轻了，人们给了芳芳太多的关注与惋惜，小城的大街小巷时时离不开关于芳芳的话题。芳芳的葬礼轰动了小城，那些熟悉与陌生的小城居民，放下手中的活计，赶去为她送葬……

三天之后家人为她上坟，发现那令人心碎的新坟边足迹零乱，怎么也不会料到竟有人在夜深人静的时候，将芳芳的遗体偷走并与一男子合葬。小城毕竟是小，家人很快就找到了她的遗体的下落，并将其从那男子的墓中起回原处。可怜的芳芳，善良的芳芳，九泉之下，你可否感到屈辱与愤怒？芳芳因此又一次轰动了小城。

　　芳芳的母亲柔肠寸断，怕那孤零零长眠于地下的女儿再有什么不测，便入乡随俗，为她寻得一在唐山地震中去世的军人合葬于田野，还有绿树杂花、清风朗月相伴，但愿芳芳从此不再孤单。

　　似有一只蝶在窗前飘飘地飞来，我仿佛闻见了淡淡的花香。我想象着绿色的田野上那些花正远远近近地开在芳芳的身边，在那白色或红色的花的映衬下，芳芳那动人的容颜定然更为美丽超然。

给你一杯忘情水

　　我赶到乡下的时候，已是日落黄昏。我的朋友肖平正在自家门前的那棵树下，望着远处那条弯弯的小溪木木地发着呆。悲哀与忧伤，清晰地写在她曾那么秀丽的脸上，肯定也沉重地撞击着她的心灵。她看上去是那么苍老憔悴，与冬日萧条的原野暮色融为一体。

　　此情此景，令我的心底滚过阵阵悲怆。

　　我离开乡下的那个夜晚，清风明月之下你是何等清纯秀气的模样。柔美的声音细细地诉说着你的苦闷。那个时候你已订了婚，然而你并不满意，又迫于无奈，言语之间流露着对外面世界的深情与渴望……

　　我总也忘不了那个夜晚，时时挂念着你，终于寻着了机会把你从乡下带出来。你喜气盈盈地进了那个小厂，明亮的眸子闪烁着幸福的光芒。我也有了几分欣慰与满足，这是一种朋友之间弥足珍贵的友情甘露。或许，就是这杯令我陶醉了许久的友情甘露，改变了你一生的命运。

美丽与清纯的肖平，在那个小小的工厂里很快就出了名，毛头小伙子望见她的时候，眼神总是呆呆的、热辣辣的。肖平并不似城市女孩那般傲气，对谁都友善而平和，终于有一个南方小伙子真正走进了肖平的心中。而肖平的母亲不知从何处闻得风声，一怕家里肖平的亲事吹了脸上不好看，二怕那天遥地远根基浅的南方小伙子将肖平带走了。某一天硬是将肖平连人带铺盖卷儿带回了家，无情棒打鸳鸯散，南方小伙子疯了似的满世界找肖平，终于不得如愿，像一只受了伤的孤雁回到南方，再无音信。

肖平挨此一棒，种种梦想都成了碎片，一时间万念俱灰，然而她柔弱的外表之下，却有股倔强劲儿。她与命运抗争，不愿意重复一代代农家女不变的命运——结婚生子且面朝黄土背朝天。肖平在乡下的婚事总是一次次告吹，最后就连她的母亲也觉得自己女儿的婚事成了问题。

尽管远离故乡，我对肖平的牵挂难以淡却。毕竟，肖平是与我从小一起长大的挚友，她的善良与清纯常常让我心生感动，我觉得我不能丢下她不管，我想帮她寻找一个更好的归宿。经过一番苦心经营，肖平与那个他一见钟情，彼此如愿。这一次肖平的母亲倒也无言，那个小伙为人诚恳，只是家境差些，肖平倒也不在乎这些。

肖平的梦终于有了依托，婚后日子充满了温馨。然而小伙子单位不景气，开不起工资。红尘中有谁能离得开人间烟火，望着爱妻消瘦的容颜，心中盛满缱绻爱意的小伙子一横心告别故土——与几个愣头儿青下了南方，他还以为南方是满地黄金呢。谁知这一去，犹如黄鹤一去不复返——他死了，死于车祸。那鲜活的生命、那个相爱的躯体一下子就从肖平的生活中永远地消失了。

肖平，我无法为你的命运选择另一种开端，也不忍为你假设另一种结果，生活就是这般阴差阳错，那么丰富与深邃的含义，是我们永远无法预测到的。

肖平依旧无限期地坐在那里，眼睛长久地凝视着远方，远方是她的爱消逝的地方。爱人曾是她生命中那一轮最温柔的太阳，如今却给她的心灵留下比铁还要尖锐的创伤。悲风在耳畔呜呜作响，惨淡的月光映照着肖平失去了血色的脸，晚风把默然中的肖平吹成一弯雕像，唯有她那飘逸的长发在风中飞扬。

天色真的晚了，黎明之后又是一轮红彤彤的太阳。肖平！天涯何处可为你汲一杯忘情水？换你夜夜不流泪。

梦中的荒园

记忆中那座荒园是一片安宁恬适的静地，我在乡下的日子过得自由自在，最喜欢那座荒园。园子左边是溪河，堤坝很高，清凉的水神秘地汩汩流动。水里不时有小鱼游过。

说不清有多少欢乐、多少热望抛洒在这里。园内覆盖着密密的星星草、灰灰菜，藏着秋虫，飞着小鸟，弥漫着浓重好闻的泥土芬芳。尤其喜欢那两棵杏树，春天，粉红粉红的杏花飘溢着诱人的香气，惹得蜂飞蝶舞。于是舒适惬意地枕着茸茸的细草，对着悠悠白云，沐浴着春日暖意融融的阳光，做着美丽的梦。待到小村上空被暮霭和炊烟笼罩，高高的堤坎上，外婆悠长的呼唤声从朦胧中隐隐传来，才恋恋地起身离去。

记得那个初雪的冬日，一辆古旧的马车拉着一些杂乱的家什，莫名地停在了园子矮矮的土墙外，园子的主人三婶儿母子从遥远的他乡重归故里。从此，园子里失却了宁静，我那稚嫩的心里隐隐闪过一阵阵惆怅，感到自己像失落了什么，去园子嬉戏的兴致不再似从前。寂寞无聊中忍不住好奇地趴在矮矮的土墙上向里观望，久而久之，我便真切地喜欢上了三婶儿的温良和善，于是通向荒园的路便对我有了一层更深的诱惑。

三婶儿初回故里，乡邻不时前来探望，欢声笑语，把个平日里空寂的园子弄得热闹非凡。乡民的朴实，村风的淳厚，使我从中尝到了无限乐趣。

在一个吹着微风的黄昏，在那棵抖动着晚霞的杏树下，我第一次听到三婶儿喃喃地讲了许多我不十分懂得的心事。那神情恍若是对一个至亲至爱的人倾诉心声，从她的绵绵絮语中，我仿佛朦胧地意识到三婶儿心底深处藏着一个古老而辛酸的故事，藏着对一个男人的深深思念。

那时候的乡下还很不富裕，没有什么好吃的东西可以寻觅。一次在园子里玩得累了，三婶儿出其不意地塞给我两个黄澄澄的大橘子。北方乡下的孩子哪里见过这种东西，真舍不得吃，放在手里，摸来抚去，细细玩味，那份欣喜与爱怜至今难忘。

后来，听人说，从三婶儿原来居住的地方来了个男人，我想那橘子定是他带来的，而三婶儿的儿子好像对这个远方来客不大感兴趣，冷冰冰的。

岁月随着溪河的水悄悄流逝，离开乡下，我将要去城里读书了。临行与三婶儿告别，她牵着我的手依依叮嘱：三婶儿好孤单，你可别忘了回来看我。

一去许多年，那座荒园带着神秘的光环曾不止一次从我的梦中闪过，野花与飞鸟，三婶儿与杏树，成了雕在我心头永恒的忆念。

终于在一个浓浓的深秋季节，我带着对故乡不倦的依恋，重新踏上溪河畔生我养我的黄土地，遗憾的是三婶儿早已不在人世，老屋也不复存在。取而代之的是一排浓荫遮掩下的青砖瓦舍，廊檐飞翘，流光四溢，颇为引人注目。我沿高高的围墙端详这一切，品味着昔日浓情的记忆。

园内旧物唯那两棵杏树依旧在秋风中伫立，只是略有几分苍老。暮色中，依稀觉得三婶儿就坐在树下，她轻轻放下手里的活计，看着我，眼里分明含着无言的孤寂。

站在树下，站在这座曾以它的闲适静谧塑造了我少年纯真的故园，多少珍贵的时光、多少幸福的回忆潮水一般漫溢而来……

沙丘上的风景

秋日的午后，园子里静悄悄的，我斜靠在一棵枝丫粗壮的梨树上，吃着黄澄澄的脆梨。灿烂的阳光温暖着我，甜甜的梨汁滋润着我。四周一片静谧，我遥望天边几朵白云舒卷，近听林间几声狗吠悠然。此情此景，纯如一杯佳酿醉人心怀。

不远不近的地方，有老程的身影闪现，他望见我沉醉的样子，便笑："又来做梦了！"我定眼望望：伫立在秋风秋色中的老程，脸上的每道皱纹都绽放着那样纯朴真挚的微笑，不由得令我心生感动。

老程是这个果园的守园人，花开花落的季节，果香果谢的日子，他一年四季就伴在那个小土屋里。纯纯的黄泥巴、绿茅草搭就的小屋，在岁月的流逝中，为老程遮蔽风雨。连同不远处那座长满了萋萋芳草的坟茔，一起成为老程生命中的依恋。

无数个黎明与黄昏，诚恳厚道的老程辛苦劳作在晨曦与夕照之间。小屋的旁边有一口水井，井里漾着镜子一般清澈的水。夏天的时候，喝一口刚打上来的水，真是清凉甘甜。水井的旁边是一畦畦修整得十分优美的瓜田菜地，有溜圆的瓜、碧绿的菜招摇其间，一条条水沟边开满了金针花，甘甜的清水浇灌滋润着果园的每一个角落每一株植物。

老程已在这个果园守了十余年。这个美丽的果园在一片沙丘地带，柔柔细细的沙土，成为这一带村庄的独特风景。人自可大胆地在沙地上打滚撒欢儿，站起身拍一拍，衣服上不会留下任何土的痕迹。纯真本质的原生态，是我深深的眷恋之所在。在这宁静悠远的氛围中，沉醉于生命与自然的契合，成为我精神家园中异常亲切的一部分。

远处的菜地里，老程正蹲在地上侍弄他的大白菜，那条黑黑的狗在老程的身边蹿过来蹭过去。老程极富耐心地将白菜叶一层层卷了，然后用一根竹条拦腰围起，白菜便会各个敦敦实实地圆起来。

老程似乎累了，转身站起来，从绿绿的缨子下，拔出两根红红的萝卜，在水沟边洗几下，便放在嘴里大口地嚼，他吃得真香甜。然后他坐在屋前的小凳上，眯着眼睛吸着长长的旱烟袋，他吸得也极有滋味。

在这个果园的时候，我的心情总是很好。斜卧林间做完了梦，我就常常兴致极高地跑过去与老程聊天。老程的纯朴

与厚道、热情与豪爽也在无形中感染了我，他不会使每一个
来果园的人失望。

　　这一刻，我又注意到，老程静下来抽烟的时候，神情就
有了几分忧伤。或许他又一次想起了他的女人，那个曾经给
了他无限情爱的女人。

　　沧桑的岁月曾使老程历经坎坷。他幼年丧父，他娘为了
这个儿子，咬紧牙关，辛辛苦苦将他拉扯成人之后便撒手人
世。苦水里生、泥水里泡大的老程，三十多岁时，虽一贫如
洗却凭着他的朴实与善良终得一灵秀女子的爱恋，回到家里
虽是粗茶淡饭却再不是从前冷锅冷灶的凄凉。老程对自己的
女人关心备至、恩爱有加。他们的日子过得有滋有味。老程
快做父亲了，从小连自己父亲的模样都不知道的老程，发誓
要做天底下最好的父亲。然而命运又一次捉弄了善良而忠厚
的老程，他的女人因难产离开了他，连同他的刚见面的儿子
一起命赴黄泉。

　　就在一个瞬间，他深爱的女人就像一缕轻烟遁去。老程
说当时他头大得如梦幻一样晕眩。这个一身硬气的汉子轰然
倒地大病一场之后，挥泪锁紧了曾经那般温馨的家门，一卷
行囊，搬进了这个几乎荒芜的果园。那个让他爱让他恋、让
他刻骨铭心的女人，就葬在果园不远的沙丘上，将她的芬芳、
她的体温永远留在了那块土地上。从此老程对这个果园的守
望变成了对家的永久的眷恋与守望，那悄然躺在岁月一角的
女人不再孤寂。他精心地耕耘着这里的每一寸土地，编织着
他每一天的梦。

老程依旧吸着烟，闪闪烁烁的火光，伴着他默默咀嚼着人生的苦辣甜酸。习习清风拂过，或许能为老程的心头带来丝丝清凉。

惜别果园，回首间只见远日西斜、沙丘披黛，晚霞将雕像式的老程与金黄色的沙丘融为一体。一道恒久的风景，就这样永远镌刻于我的心间。

小镇风情

　　溪河镇，依山傍水，风光旖旎。

　　在孩子们的眼里，小镇上最可人的就是那热闹的大庙会了。年年岁岁，尽管大庙会的内容很少变化，但是孩子们总能从中找到很多乐趣，早早地便开始期盼街道两旁搭起五颜六色的大布篷。

　　每逢庙会，亲戚云集。"有朋自远方来，不亦乐乎。"于是爸爸妈妈也便有了极好的兴致、极好的心境。把握时机，孩子们趁势开口要一两件自己喜爱的东西，便十分容易得到。比如，杂货摊上那烧制得红红的、印制着各色图案的胶泥模子，那巧手捏就的栩栩如生、姿态各异的小面人，足够令人高兴上一阵子了。

　　再有就是跑到大街上，寻找那个脸上冒油、眼中含笑、秃头顶的王三灿。坐在他的小摊上，吃上两片炸得油酥酥的薄脆，喝上两碗漂着油花、绿菜叶，白嫩味鲜的正宗"姜汤豆腐脑"，间或再听王三灿一两句幽默诙谐的俏皮话儿，心底别提有多惬意了。

王三灿的豆腐脑摊，在溪河所有的风味小吃中，生意是最兴隆的。王三灿堪称豆腐世家，做豆腐的手艺，的确已炉火纯青，无可挑剔。

一只大大的保暖罐子放在摊子的一旁，顾客来了，细细的白纱布揩净细花瓷碗，再用一把浅浅的平底小勺把嫩嫩的豆腐脑一片片舀到碗里。那小勺可有讲究，据说传了几代呢，黄铜的，锃亮如镜。然后把封了炭火的煨得热热的姜汤浇上去，再就是配上各种调料——酱油、香醋分别装在玻璃瓶子里的。瓶塞也有讲究，玉米或高粱的秸秆稀疏地塞上，据说那秸秆也是特制的，用一种什么香草浸过，味道极好。倒时不拔塞，手脚麻利地往碗里洒，既不至于倒下去太多，又显得潇洒。喷香的小磨香油盛在一只胖胖的小黑陶罐子里，小勺往每碗里一揩，辣子、香菜由顾客随意自取。待一碗豆腐脑经过道道工序送到顾客的嘴边，王三灿这时候边擦手边眯着眼欣赏顾客的吃相，一副心满意足的样子。摘了那顶漂白的小帽，便露出他谢了顶的脑袋来，在阳光下又光又亮。

离别小镇多年，重新踏上这块土地，那豆腐脑的清香，那纯朴敦厚的亲情，依然令我陶醉。

走过去，饶有兴致揾着口水坐在王三灿的豆腐脑摊上，却惊奇地发现王三灿的秃头顶上，不知何时生出了几缕长长的头发，他倒越发年轻了。听说那是因为他最近时髦起来，用了什么毛发再生精的缘故。王三灿对新生事物的接受能力还挺强。

如今的王三灿在小镇上可算个开明人士，豆腐脑生意做得顺，家大业大，殷实富足。可他从不吝啬，遇到集资修路、捐资助学什么的，钞票也舍得往外拿。那数目有时还真令小镇人咋舌。王三灿十分开通，爽声说句："有啥，咱的日子红火，还不是时下的政策好，河里有水好撑船嘛！"

可王三灿对自己的豆腐脑生意依然遵规守矩，用料、制作、分量、质量一招一式从不马虎。就连豆腐脑摊上的家当也如当年，古朴、典雅。那豆腐脑的味道纯而又纯，就像这块土地上的淳朴风情。

风风雨雨中，王三灿在这豆腐脑摊上度过了大半辈子时光。儿女们想，该让老人在家享享清福了。可他口口声声说这辈子离不开这豆腐脑摊了，瞧着顾客们美滋滋地吃着自己的豆腐脑，那是一种绝妙的精神享受哩。老人对自己熟悉的豆腐脑摊，自有无尽的眷恋，从中自得其乐，获得心理上的极大满足，这也未尝不是一种延年益寿的良方，儿女们理解了，便也释然。

在与自己一生为伴的豆腐脑摊上，别提他的兴致有多高了，你瞧他一阵子心血来潮，敲着鼓点，扯起高亢圆润的大嗓门抑扬顿挫地唱起他的"姜汤豆腐歌"，还真有点民族唱法的韵味呢。这时提着菜篮子迎面走来的王婶丢过一个喷笑，王三灿的吆喝声便更加响亮，小镇的上空顿时飘散着豆腐脑的香气，飘扬着小镇人的美气。

溪河镇的老增

在我的记忆中，溪河镇是一个古朴的小镇，一条从南贯北的小街穿过小镇的中心。街的两旁有许多古色古香的店铺，那雕花的木窗、油漆剥落的木门板以及担着碧绿的时令蔬菜、提着几尾鲜活的草鱼悠然走过的行人，都在小镇的细枝末节处透出一种时光的从容和生活的坦然。

但我以为小镇最为诱人的，还是它依河而居的美妙风光。同样是南北走向流淌着一条不大不小的河流，河水极为清碧，浪花极为美丽。河岸上有错落的杨树，秋天的时候，杨树的叶子一片醉人的金黄，从昂扬的枝头纷纷扬扬地飘落在河滩上。这个时候，那个被别人叫作老增的男人就会像黛玉葬花一样，恓恓惶惶地来到河滩上，踩着松软的泥土，小心细致地将落在地上的叶子拢在一起，然后装在一个大竹筐里背回家，铺在他的院子里晾晒。我当时并不知道老增是为了他饲养的牲口，年年秋天都去河滩收拾这些落叶，却时常会在与老增家只有一墙之隔的外婆家，久久地张望老增院子里的一地金黄，那些纯净透明的树叶散发出很纯粹的香气，时时让我陶醉。

在我的印象中，老增被乡里的人们唤作"老增"的时候，年纪并不大，也就三十多岁的模样。大抵因为老增是个光棍，又生性老实木讷，拙于言辞，红扑扑的脸上挂着一副络腮胡子，使他的一张脸总给人一种沧桑感。

老增是我外婆家的西邻，一堵泥土筑就的矮矮的墙上，春天爬满绿绿的藤蔓，夏天开着各色的花，秋天结满了各样的果。冬瓜、南瓜、丝瓜、豆角，不管根种在哪个院子里，只要果实长出来成熟了，东院西家一般都可以就近享用。

老增虽生性木讷，但心地善良，为人忠厚热诚。无论病驴还是瘦马，在他一夜一夜的不眠中，都被伺候得很神气。镇上无论谁家有事，老增不惜牵马坠镫紧忙活。谁家要是娶媳妇，老增更是热心，红红的脸膛上容光焕发，仿佛那娶媳妇的新郎官是他自己。新媳妇下了车，在众人的簇拥下，轻移莲步入了洞房，呆呆地立在一旁拽着马缰绳的老增，脸上便生出几分失落和遗憾。摸摸自己的脑袋，心里又一次琢磨：我什么时候也能娶上个妻呢？便悄无声息地溜回自己的家，摸起了自己的旱烟袋，装上足足的烟叶子，蹲在院子里没完没了地抽起来。他老娘颠着小脚从屋里出来，望见儿子又是这样一副神态，心下就又是一沉，一声叹息便无声地滑出胸腔。

日子一天天地过去了，终于有一天老增也要娶媳妇了，我看见他兴奋地买东西刷房子。会些木工活的老增把自己的房子收拾得簇新，新房吊了房顶，还用了新的墙围子。老增的脸是一天比一天灿烂了。

老增娶媳妇的时候，外婆拿着一个红色的木匣子去贺喜，乡下人称之为"拜匣"，是专门为喜事随礼用的，里面放了大概二三元钱，然后用一个方巾包起。这些拿"拜匣"随礼的亲戚朋友，中午的时候就可以在那一溜摆开的大方桌上，占得一席之地，喝些酒，吃一大碗肉菜，还有那极其诱人的白面馍馍。

老增的新媳妇进门的时候，也是被人群簇拥着，当她那红红的盖头被主婚人用秤杆轻轻挑起的时候，人群中一片哗然。这是一张颇为迷人的脸庞，肤色虽不是太白，鼻翼两侧有些雀斑，但那一双黑黑的眸子里流淌出的光彩，让我为之惊诧，那是一双勾人魂魄的眼睛。

我不知道老增怎么能娶到这个可以说颇有几分姿色的女人，只听说这个女人爱水，而老增家恰恰是临水而居，不远处的那条河，一年四季翡翠一样地静静地流淌。

老增娶来的媳妇爱吃鱼，老增在多少个日落黄昏的日子里，挽着高高的裤角，一身泥水地从河边拎着个鱼篓子回家。然后在院子里支起一口大铁锅，倒入一桶河水，鱼在锅中游，火在锅底烧，水开了，加入些油盐葱生姜辣椒，一锅鱼汤熬制着老增对媳妇的浓浓爱意。

实在是因为那香气的诱惑，每逢老增那院子又架起大铁锅熬鱼汤的时候，我便禁不住趴在墙头上静悄悄地向那院子里观望，咽上一口唾沫，希望也能像摘土墙上的冬瓜和豆角一样来上一碗鱼汤。可兴奋中的老增只管神情专注地在那里掀掀锅盖，尝尝鱼汤，然后蹲下来一根一根地往锅底下加柴火。红红的火焰映红了他的脸，也映亮了老增的幸福生活。

被老增的浓浓爱意包裹着的女人，虽说终日里也说话做事，但总有些郁郁寡欢。她常常呆坐在河边，凝望远方，看一只只水鸟来来往往，天长日久，老增感到怎么也猜不透她的心思，一见她痴痴迷迷的神色，就不由得心底一声沉重的叹息。这个时候，有一种说法已经在镇上的一些角落隐隐传开：老增的女人怕是靠不住。

那是一个月色优美的夜晚，老增在自己生活了一辈子的溪河岸上伤透了心——自己的女人竟与另一个男人幽会。老增挥起拳头舍不得落在自己的女人身上，却咚咚地捶在自己的胸上。在屈辱和沮丧中跌坐在地上的老增，抬起头，疑惑地看着天空中畏畏缩缩的群星，只觉得冷冷的空气袭进他的肺腑之中。冬天的夜里没有风，却痛彻心扉般地使他感到寒冷。

在老增没有想到的又一个夜晚，他的女人跟相好的男人渡过溪河私奔了。就像河里的一尾鱼，打了一个水漂，就不见了踪影。镇上的人说那女人生来就像是无根的浮萍。那一夜，老增一直独自蹲在院子里吸烟，一明一暗的火光，映照着老增失却红润的脸，几颗清泪暗暗地滴落下来。老增一下子无法适应这一切，无法忍受这个院子里曾经有过的幸福与欢乐就这样远去了，他无法忘记她有些冷冷的面容上曾经有过的浅浅的微笑。

一阵风吹过，有大片的雪花歪歪斜斜飘落下来，落在院子里，落在老增那仿佛僵住的身上，落在那曾经爬满了碧绿生命的矮矮的土墙上，那些干枯发黄的瓜蔓与叶子在寒风中摇曳着。院子一角的那头毛驴好像是冷了，抖落着身上的积雪，不断地对沉默中的老增打着响鼻。披了一身雪花的老增，这才如梦方醒，从地上慢慢站起身，走过去将他的毛驴无声地揽在怀里，轻轻地拍打着。他想就是他的毛驴也听到了他心碎的声音。老增思前想后怎么也捉摸不透的是，自己有什么地方委屈了自己的女人呢？

好在那女人毕竟给老增留下一个儿子，那是他永远的财富与寄托。可儿子还在嗷嗷待哺中，老娘年老体衰自己都无力支撑。这样，老增又当爹又当妈的日子就显得艰难和烦乱。在乡亲的帮助下，他的儿子吃百家饭穿百家衣，渐渐地长大成人了。

与老增不同的是，儿子一天比一天高大俊美，那一双黑黑的眸子闪着青春的光彩。时光飞一样地逝去，无论怎样的日子，都终究抹不去那女人留给老增的刻骨铭心的记忆。老增依然时时怀念着她，怀念她曾经带给他的快乐，这短暂经历中的酸甜苦辣几乎浓缩了老增一生的情感精华，他的生命中再也没有走进过其他的女人。如果没有这个女人，他抖开的人生记忆，就只会是种庄稼、收庄稼、砍柴火、赶毛驴，那将是多么单调和寂寞啊！

许多年之后，那流落在外、浪迹天涯的女人，日子过得并不顺遂，带她私奔的男人居然早早地告别了这个世界。或许是念着老增的种种好处，那女人托人带信给老增，希望能回到这个家。老增的内心是很愿意的，十几年的思念与忧伤已经将他内心的怨恨融化了，剩下的依然是浓浓的爱。可长大了的儿子不同意，他拒绝让那个带给他无尽耻辱的母亲进门。老增望着儿子，一脸的无奈，满心的遗憾。

秋风萧瑟中，在溪河镇的河滩上，我又一次望见在夕阳中拢落叶的老增。多少个秋天过去了，曾经是牛一样不知疲倦的老增真的老了，步履蹒跚，踽踽而行，那些依旧挺拔伟岸的杨树与老增日见衰老的身影形成了极强烈的反差。落叶又一片片地飘落在他的肩头，坐在这一片金黄中，老增就像坐在了自己人生的秋天，他的目光充满了孤独与迷离。湛蓝的天空下，一切都是那么纯净透明，使得老增无处寻觅那女人当年留下的情影，她遗留在溪河镇的一切，早已被时光的流水无情地带走了，可是那一脉生活的激流无疑会永远留在老增的梦中。老增痴迷的眼神时不时望一望河的对岸，远村近树，鸡鸣狗吠，就是望不见自己女人归来的路。

在这个世界上，老增是个卑微的人物，没有人刻意去关注他的情感世界、他的生存状态，但是他作为一个有血有肉的生命个体，具有同他人同等重量的尊严。人生的风雨过后，一辈子默默承受了无数生活的重压和难以言喻的情感苦痛的老增，徜徉在秋天的树下，收拢那些坠地的叶子，就像捡起了一件件人生的往事，包括那些短暂的幸福、瞬间的温暖，还有那刻骨铭心的创痛。

梅为谁开放

　　寒风凛冽中，我们走在泥泞的乡间小路上。雪中的村庄静极了，除了远处偶尔几声的狗吠，静得几乎能听见雪花从空中飘落下来的声音。大片大片的雪花，纷纷扬扬打在我们的脸上身上，北风阵阵透彻肌肤。多少年没有这样徒步走在风雪中了，多少年没有这样寒冷的感觉了。

　　年关将近，爱人想起去看他一个远房的奶奶。

　　迎风踏雪走进村庄腹地那个院落的时候，我的心为之一颤：那是一幅怎样荒凉的景象——矮矮的土墙，破旧的栅栏门怕是连个鸡狗都挡不住，悬在门前的布帘是什么颜色的，早难以分辨，房顶上的杂草一丛丛一簇簇在寒风中摇曳。唯一的一扇窗，是那种旧式的木格窗，糊上去的纸已破旧不堪，风可以轻松地钻进屋子。

这是一座没有半点火星儿的空旷冷清的老屋，吱呀呀，推开两扇破木门，里边没有任何反应。迎门是两把老式圈椅、一张八仙桌，桌上放着一只空荡荡的大瓷碗，碗里干干净净，没有一点儿食物。此时，我转身看见了那个老人，白发苍苍的老人，趴在炕上，身上卷着一条破棉被一动不动。在爱人持续大声的呼唤下，老人缓慢沉重地抬起头来，目光散漫，寻找不到声音来自何方，当那双浑浊模糊的眼睛终于看见了站在她面前的人时，一双枯瘦的手在空中胡乱地摸索，她试图抓住些什么，急切地询问是哪里来的亲戚——声音居然还很洪亮。这一份孤苦无依的凄凉，顷刻间像一把刀子深深地扎在我心上。无法抑制的眼泪一下子奔涌而出，后来干脆就成了一声又一声的抽泣，同行的那几个农村亲戚便有些诧异地望着我。

走近土炕，替这位九十多岁的老人拢一拢乱蓬蓬的头发，把带来的蛋糕送到老人手上，其余的放在她触手可及的地方，想给老人倒一碗水，然而桌子上的暖瓶是空空的、冷冷的……

老人无儿无女，靠一个本家照顾，那家人挣钱难，男孩多，要娶媳妇要盖房，日子过得紧巴巴的，送饭也是有一顿无一顿的。有时候老人饿极了，就在炕上的窗户前呼喊：来人，我饿……

窗户，我凝视一下那扇窗户，木格子的，很小的方格子，黑色的油漆早已斑驳脱落，成了灰白色，呈现着岁月的沧桑和日子的沉重。然而这扇窗是老人呼唤外面世界的唯一窗口，承载着老人对于生的渴望和希冀。

　　此刻，吃了些东西的老人，慢慢从沉睡的恍惚中清醒，她终于搞清了坐在她眼前的人是谁了，激动不已，我看见她的目光仿佛一下子变得清澈而悠远。她在努力淘洗那些沉在岁月深处的往事，那些想起来让人感到亲切的旧事。说起我爱人小时候跟她去吃喜宴，是如何眼馋碗里的一片肥肉一颗丸子，并且有微笑挂在她的脸上，宛如一朵盛开的菊花。我惊异于老人在如此困顿的生存状况下尚且如此豁达与仁爱，其慈爱之情依然溢于言表。

　　老人生在山西省一个富足的商贾之家，为了追求纯真的爱情，与戎马倥偬的丈夫漂泊天涯。然而，丈夫不久早逝，撇下她如一粒发不了芽的种子，散落在这北方的原野上。就像天空中的一只鸟儿猝然受伤，只能敛翅栖落在这里，守着一份长长的思念，守着已静卧在黄土地中的丈夫，一步一步地走着自己的人生路。

　　这就是一个女人简单而又无法摆脱的人生轨迹啊，一个执着的选择，一生的孤独与无奈。

　　这一刻我的目光有些游移，除了眼前的这一份凄凉之外，我的视野中几乎再无其他了。我感到了乡村独有的静寂，仿佛一块块透明的玻璃，照耀在我的身前与身后，闪烁着扑朔迷离的光芒，我的思绪有些飘逸，我仿佛又嗅到了一点点暗暗浮动的花香，会有吗？我循着一丝丝的暗香打开门，朝着院子里凝望，寻寻觅觅、冷冷清清中，居然是一株枝干虬曲的梅，在纷纷扬扬的雪花中，正在昂扬地向我绽放，一树迎风斗雪傲然绽放的梅花啊，零落成泥碾作尘，依然香如故。在这样一座乡村僻野的院落之中，竟会有如此超凡脱俗的所在，这株梅必定是老人亲手所植，必然凝结着她的诸多梦想与情结。我的思绪像一个楔子，朝着岁月深处滑去，这个老人的生平，这株梅的来历，这个苍凉破旧的院落，竟一下神秘起来，充满了难以穷尽的隐喻色彩。

这个山西女人，年轻的时候，该是怎样柔情似水、妩媚动人，被那血气方刚、孔武有力的男人拥入怀中时，曾是怎样一种完美的阴柔与阳刚的结合。然而世事难料，好景不长啊。

这时盘坐炕上的老人，又一次习惯性地透着木格窗上的缝隙向外张望，她是在望她的梅花吗？窗外依然是大雪纷飞，窗外依然是梅开点点。

怀着一种凄凉而复杂的心情，告别老人，告别这个荒凉的院落，就在这一路之上，寒风吹坏了我的耳朵，我的耳朵被冻得红红的、肿肿的，又痛又痒，落下了冻疮，这个冻疮也同时结在了我的心上。

没过多久，有消息传来，老人走了，或许这对于老人来说是一种解脱，她可以去另一个世界寻找她的至亲了，或许那个等了她多年的最爱，已悄然将她拥入了怀抱。

那株梅，还在吗？它还会在隆冬再一次盛情开放吗？时过境迁，人去屋空，它还能为谁而开放呢？

第二辑　风从我的耳边吹过

红红火火的火苗欢快地舔着那口大铁锅，升腾着热气，煮熟了一锅金黄的小米粥，蒸就了一排白胖的馒头，使我得以汲取生命的营养，默默品味着一缕缕家的幸福。

我的乡村

古老广阔的黄土地嵌定无数大大小小的村落，养育着一代又一代纯朴善良的乡村人。我喜欢乡村，喜欢那一份淡泊宁静、天高地远，喜欢那缕缕炊烟酿制的温馨。

姨家在乡下，那城里人永远难以企及的大而开阔的院落，于我而言永远散发着挥之不去的韵味与诱惑。

丽日春阳，催开一树树桃李芬芳，姹紫嫣红中的农家草舍已是无限风光。篱笆墙精巧地构织一片小小的菜园子，一畦畦韭菜菠菜香菜，被勤快的姨父侍弄得干净嫩绿，很是馋人。上街买斤肉来，割上几把韭菜，一顿鲜美的饺子便成了。北方农村，饺子几乎是待客的最佳美食，亲朋好友到了，不包上一顿饺子便觉得薄待了人家。

那时姨父是生产队会计，墙上那小小的镜框旁边，总是挂着一个磨得发亮的算盘以及记账本记工本之类的。姨父爱蹲在迎门的大圈椅上吧嗒吧嗒抽大旱烟袋。几乎无论春夏秋冬，那条羊肚毛巾总戴在他的头上，而起初或纯白色或带蓝边的毛巾久而久之便难分其色了。当然，新毛巾是轻易不戴的，唯在上城赶庙会或串亲做客时才肯换上。

姨父是个厚道人，平时不爱多说话，但人缘极好。姨心直口快，干活麻利，是家庭的决策者，姨父也不争什么。晚饭之后，乡人们陆续聚集在姨父家或蹲或坐开始谈天说地，姨父便来了精神。在这一份欢畅热闹中，情感得到了交流与宣泄，多少愁烦郁闷在笑声中烟消云散了。这是乡村人独具的风采。在都市水泥墙的无情阻隔之下，你想踏入他人的一方之地，人家不说什么你也会觉得碍手碍脚极不自在。以至于有些来自乡下的老人，尽管儿女们好吃好喝相待却总难安心住下来。

姨家做饭时总用那口大铁锅，单说那咕哒咕哒的拉风箱便十分有趣了。我爱挤在灶火边，看那玉米秸呀芝麻秆怎样一闪一闪燃成红红的火苗，欢快地舔着锅底。隆冬季节，那一股蹿入过道的火苗把那炕头煏得热热的。从窗棂发白到太阳升高，人就那么尽情懒散地赖在被窝里不起来。早饭便开在炕头上，往往是一碗黄澄澄的小米粥，一个金灿灿的窝头抹一层白白的猪油，撒一些细盐吃，喷香喷香的，真是一种绝美的享受。躺着躺烦了，懒懒地起床，表兄妹们呼啦啦挤下去趿了鞋子踢踢踏踏奔出院门，跑累了玩乏了，依旧爬上热炕头，把冻得僵硬的小脚伸在被子里煏着。

　　乡下最富魅力的季节是秋天。姨家那口大铁锅一掀开呀：几颗蒸熟的大枣红嘟嘟、胖乎乎，玛瑙似的；金黄的嫩玉米棒，热得烫手却不怕烫嘴；刚从地里刨起的红薯，栗子一样香甜。雾气弥漫中飘溢的那份香甜，醉人心田。噢，别忘了，灶膛柴火的余烬里还埋着新刨来的花生，熟火一煨，果仁焦黄，又脆又香，别具风味，只是外壳上的灰沾满了手，一抹鼻子便各个成了大花脸，兄妹们便嬉笑着挤作一团。

　　秋天的阳光舒适而温暖，场院上，靠在秸秆豆秧码成的大垛上，看悠悠的云怎样飘飘而过，看南飞的雁怎样匆匆忙忙。吸吮着一丝丝清新醇香的空气，依偎着柴火垛散发的特有芬芳，想着一些若有若无的心事，几分朦胧几分清醒中摇摇曳曳就睡过半晌。远处，已有姨亲切的呼唤声传来……

　　秋末，收完了粮食，摘尽了果实。飒飒秋风，将那奉献了一个季节的梨树叶子濡染得像枫叶一样，散散飘落之后，厚重的黄土地上便铺上了一层红红的毯子。这个时候，姨爱背一个硕大的篓，拿一把竹笆子去搂梨叶，总是满载而归。满满一院子晾晒的梨叶，通红透亮，甜丝丝的味道不亚于黄澄澄的大鸭梨，瞧着就那么让人舒心。

　　乡村，那是一片弥漫着野趣乡音、埋着希望、藏着深情的热土。

挥之不去的情怀

眼下正是麦子将熟未熟的季节，灌满浆的麦粒，正尽情地享受着阳光的滋润，等待着成熟。

我望着无际的麦田，眸子里溢满了暖暖的爱意，这里没有属于我的一颗麦粒，我的心还是充满了欢喜。我想起我的故园，我纯朴的乡邻，在这个季节，踏着野草覆盖的乡间小路，披着渐渐隐去的夕阳，收工回家的时候，总会带给我一布兜飘着馨香的麦穗。单是那制作的过程就是一次精神上的享受，将麦穗放在大锅里蒸一蒸或用熟火烧过，放进大簸箕里将皮子搓下，一把把将皮子吹净，然后放进嘴里大嚼，非常筋道、香甜。

如今城市里的孩子，绝无此乐趣可寻，因为他们远离泥土远离山野清风，那么丰富的田野情趣，永远也不会进入他们的记忆。一个沉重的大书包，一大堆做不完的作业，我在心底深处常常为他们感到遗憾。我真的希望他们也能拥有一个丰富的、彩色的童年，那将是一生取之不尽的精神享受。

或许因为我不是一个农人，我没有面朝黄土背朝天辛苦劳作的切身经历，我永远不能深刻理解农民的清苦。我只是远距离地站在树荫下田埂上看农人看土地看乡村，这是命运给我安排的视点，使我至今对乡间怀有如此纯纯的眷念。

城市街道上，面对汽车摩托车排放的废气，你我可以屏息却不可能永远这样。在原野上，看麦粒灌浆，呼吸麦田飘过来的芬芳，感觉大不一样。

对故土的怀念，是一个永恒的主题，一代又一代人都是如此，比如我的外婆。二十多岁就守寡，硬是风风雨雨、含辛茹苦带大了两个女儿，如今八十有九，年老体衰仍只想一个人待在故乡的老屋。每一次回老家，看见外婆，一个步履维艰的老人，孤独地在院里屋里摸索，我心里的感觉是复杂的。外婆在家的时候，不管体力如何不支，也要将院子屋子打扫得干净，使得这个生我养我的老屋不曾有荒凉之感。然而外婆毕竟年老体衰了，一日三餐做起来都困难。

那个夏日的黄昏，我刚踏进老家的门就望见外婆坐在屋檐下擦洗身子，那曾经慈爱温暖的怀抱，如今竟是那样枯瘦干瘪，我的泪一下子就溢满了眼眶。

每次接外婆来住她都极不情愿，每一次迈出老家的门槛都是那么艰难，她晃动着尖尖的小脚，颠过来倒过去收拾她的包袱，归置她那一堆堆在我们看来毫无用处的家什。在我们的声声催促下上了车，外婆的嘴里依旧不断地念叨，眼里一次次充满泪水，这是对家对故土刻骨铭心的眷恋。

　　来到我们居住的城市，外婆虽不必再为做一日三餐发愁，可那更浓的思乡之情，却终日萦绕在她吃饱穿暖之后的心间。她终日郁郁寡欢，带来的小包袱，打开又收起，一遍遍地折腾，仿佛那小小的包袱里藏着故土的气息，能让她尽情陶醉其间。老家，永远是个令人怦然心动的地方，是人生命中灵魂的归属。

飘雨的夜晚

多少年没有这样畅快淋漓地走在雨中了，夜已至深，城市阑珊的灯火含情脉脉地闪烁在斑驳的树影中，街旁林立的扇扇窗户仿佛都是紧闭的眼睛。好大的风向我袭来，好大的雨向我飘来，风是清的，雨是凉的，顿然荡去我满心的焦躁、一身的暑气。街上静极了，偶有黄色的出租车鱼贯滑过空旷的路面，这个时候我倒觉出了这个城市的几分可爱。

我走在去医院的路上，母亲病了，她无力地躺在床上发着高烧，我的太阳穴咚咚直跳，望着窗外软软的雨、黑黑的夜，我感到了些许怅意。看着母亲，心里又有了几分豪气。

凭着这几分豪气，我走进了茫茫的雨夜。若没有这个契机，是无缘获得这种清凉自在的好心境，无法体味这个城市雨夜的静谧与美丽的。

在大风大雨中的经历，是最为刻骨铭心的。还是在童年的时候，黑黑的夜晚，我一个人走在回家的路上，风大雨狂，我的小伞被吹得歪歪斜斜，我浑身透湿，大雨汇成急流在我的脚下哗哗淌过。眼前无边的黑夜向我席卷而来，我感到了无边的恐惧和失望，想这滚滚而过的浑水，或许在一个瞬间便会将我弱小的身躯裹挟而去。我一步一步艰难地走着，忽然远处密密的雨丝中闪过一束手电的光亮，走近之后，我望见了我的家人，我跌跌撞撞地拖泥带水一路奔跑过去，拉紧了父亲的手。父亲的手湿漉漉的，却是温暖无比，一股暖意自我的心底油然而生。

就在那天夜里，我病了，像一只瘦弱的小猫蜷在床上。恍惚间我的眼前晃动着一双双焦急的眼睛，请来的那位女医生站在我的床前柔柔地望着我，充满怜爱地抚着我的额头，凉凉的听诊器轻轻滑过我的前胸后背。那柔和悦耳的声音里充满了严肃："孩子是大叶肺炎，很是危险。"很快，在女医生娴熟的操作和一阵紧张的忙碌过后，一滴滴清凉的药液注入我焦躁的肌体，使我羸弱的身体得以康健。我的外婆从几里外挪动着小脚跑来，她为我捧来了一小茶碗蜂蜜。外婆充满慈爱与自信地说："这是枣花蜜，吃了病准好。"那一小茶碗蜂蜜，是我病中得到的珍品。我记得外婆说当时是花了两毛钱买来的。然而就这一小茶碗蜂蜜，其清纯而芬芳的滋味连同那个美丽温柔的医生，已足以让我终生心存回味悠长的感激……

走进医院的急诊室，匆匆挂过号，敲开诊室的门。门里闪现的是一位年轻的女医生，她的脸上似乎写满了倦意。我望着她，心里则有了一丝不安。这位年轻而端庄的女医生，肯定刚刚睡下不久。女医生不断地揉着她那微布血丝的眼睛，适应着她的博士伦。她仔细问过我母亲的病情，开处方药时显得成竹在胸，我不安的心踏实了许多。一刹那，我望着这位比我小许多岁的女医生，顿生一种似曾相识的亲切与温馨的感觉，那是许多年前曾涌动过的很纯的感觉……

这个依然飘着雨的午夜，我静静地走在回家的路上，听那雨珠砰砰打在伞顶，看晶莹的雨丝不停地飘洒在世界的每个角落。揣着女医生开的药，想着她给我的细细的叮嘱，心里充满温暖。走过岁月的风雨，在这个平凡的世界里平凡的生活中，多少真情多少美丽时时与我们相伴。每个善良的人心底深处，都埋藏着爱的涓涓潜流。这爱的潜流，无声地滋润着我们的人生。

我的一次浪漫之旅

有一年春末夏初的时候，我对学骑自行车产生了浓厚的兴趣，日思夜想的事就是如何尽快学会骑自行车。当时自行车极少，人们外出办事、走亲访友更多的是靠着一双好脚力。能骑在车子上一溜烟儿地向前滑去，在人们眼里自然是一件非常轻松得意的事情。我们家当时仅有一辆自行车，而且是非常笨重的那种，除了铃铛的响声之外，其他的部位也时常发出一些叮当乱响的声音。就是这样一辆自行车，想时时摸到它也不是件易事，父亲要骑着它上班，而一下班在家里的墙边刚一停稳，就有大哥二哥立马拥上来，然后叮叮当当地推了就往外跑，当时的我只有追在后面看着他们骑车的份儿。

我第一次有机会把那辆自行车推出去是个下午，为了先抢到那辆车子，我下午的最后一节课都没有上。父亲下班回来的时候，两个哥哥都还没影儿呢，我瞅准机会，推着车子就出了门。出门往右是我们学校的大操场，我一个人就先开始溜车。可那沉重的车子，却怎么也不听我的使唤，东一倒西一歪，我不知摔了多少个跟头。晚上吃饭的时候，我坐在饭桌旁，兴奋地想着刚才与车子搏斗的经历，心中充满了快乐与刺激。只是母亲在端详了我一下之后，便惊讶地问我："脸上怎么会有一个大包？"我下意识地捂上右脸，心下想：怪不得右脸颊隐隐作痛呢，原来是被自行车的车把儿硌的。但我马上说："是马蜂蜇的。"想不到我话刚说完，乐不可支的二哥就把口饭喷了出来，然后神秘而幸灾乐祸地望着我大笑不止。二哥今天下午没有摸到车子，正对我心怀敌意呢。大哥说我人太小，还不配学骑车。

我偏偏不罢手，那宽阔的操场，就成了我练习学骑车的战场，历经摔打并在哥哥的扶助下我终于学会了。

之后的一个星期天，我得到了一个极重要的消息，是外婆要去供销社拿鸡蛋换盐巴，这是我显示本事的好机会，我走到外婆面前悄悄对她说："外婆我骑车子带你去，省力得很呢，又快，怎么样？"外婆瞅着我，不大愿意，也不大信任。而我对自己倒是蛮有信心的，外婆禁不住我一脸的挚诚和满腔的热情，便答应了下来。我得令般地把自行车前前后后擦了一遍，就推起自行车上了路。走到街上，心里有些犯怵，出了村，才靠在了一旁小心地让外婆先坐上后车架，溜了几下车，便骗腿儿从前边的横梁上迈过去上了车座。一切还顺利，我用心用力地带着外婆走在凹凸不平的乡间土路上，抬头望望天空，辽远高阔碧蓝。近处嗅嗅，大自然从无垠的原野上带给我美妙的清风……

正在我春风得意、车轮飞转之时，一辆拖拉机随后开过来，突突冒着黑烟，直呛我的肺，直乱我的心，我本来车技就不娴熟，这样一来我的心就有点慌，手忙脚乱中，心里便有几分恼。车子歪歪扭扭地拐进了路边的庄稼地里，好在我没有停下来，扭着身子猛劲蹬。车把儿东扭西歪，挣扎着绕了几个弯又上了小土路，我就得胜似的又往前骑，没承想一直跟在我左右的那条小花狗不干了，前一下后一下地汪汪冲我直叫，怎么也不肯往前走了！我这才回过头来，定睛一看，我的天！后车座上的外婆不见了！我生生地吓出了一身冷汗，心里头直发毛，顺着小路往回走几步，发现外婆居然被我丢在了路边的麦田里，她的熠熠银发是这一片碧绿中的一个亮点。所幸的是松软的泥土、茂密的麦子秸秆，仿佛是蓬松柔软的天然地毯，宽容而友好地接纳了我的外婆。除碎了几个鸡蛋之外，外婆毫发无损，像一个醉卧丛中的仙人从这一片碧绿中站起来，然后，居然给了我一个宽慰与慈祥的微笑。这一刻，我真的感到很窘迫，脸火辣辣地红到了耳朵根儿……

还是原汁原味的大原野好，从麦田深处飘过来的一阵清风带着刚刚抽穗的麦花的清香，拂在我害羞的脸上，是那么清爽，那么亲切，一下子吹走我周身的燥热。我索性也醉卧在这万绿丛中，远望碧蓝高远的天空，近听若有若无的蛙鸣。一种晶莹的纯净，穿透我的灵魂，我的胸中涌过一阵阵感动。

阳光真好，大地真好，质朴本真的原色，赋予我多么曼妙的感觉。

剩下的路，我带着外婆小心翼翼地行进着。到了目的地，没想到这古旧的供销社竟也是一个美妙的去处，除了墙壁上用水泥铸就的"发展经济　保障供给"几个大字尚有些现代气息，其建筑竟都是古香古色的，掩映在几株苍松与古槐之中，流露着一种淡淡的幽静清雅。我迷幻般的目光即刻沉浸在这美妙之中，坐在院中的一座磨盘之上，看着外婆将一小筐鸡蛋换成了一小筐白白的盐巴。外婆走过来对我说："走，我们回家。"走出这座古刹般的供销社，我的心里充满了迷离，青砖硫瓦，苍松古槐，神话一般进入了我梦境。这就是我的第一次潇洒浪漫的骑车之旅，留给我的是一缕悠远淡然的馨香，久久地弥漫在我胸怀。

素食醇香，亲情美丽

　　十九岁之前，我生活在冀南平原的一座县城里，那里地处古黄河和漳河的冲积平原上，土地并不肥沃，沙地和盐碱地居多。但据史料记载，这座历史悠久的小城，在商代却是水草丰美之地。盘庚在此建有离宫别馆，商纣王更是在这里修建了园林，筑成沙丘台，史称中国第一座皇家园林。而秦始皇在五次东巡的路上最终病逝于沙丘平台。

　　我小的时候，县城的东部有着许许多多的大沙丘岗，沙质非常细。许许多多的孩子小时候不用尿布，更没有什么尿不湿，大人们往往是从沙丘上拉来沙土，用细筛子筛去杂质，用铁锅炒至温热，然后就把细细柔柔的沙土装进一个土布袋里。这土布袋是特别缝制的，上半部分就像一个小孩的背心，可以把头和手露出来，自由活动，肩膀处缝上几根带子或者扣子扣上。一岁之前的小孩子常常就是躺在这个土布袋里长大的，尿湿了，就把湿了的沙土换掉，干净又环保。土布袋里的孩子，躺在炕上，大人们自可放心地做各种事情，直到有一天孩子大了，实在躺不住了，才会告别土布袋，穿上小花棉袄一类的衣服，被抱到大街上去见见世面。

这个春暖花开的时节，我又一次回归家乡，去奠拜我已经魂归故里的父母双亲。多少远去的往事，一一飘忽而过，世事多磨，就像春天次第开放的繁花，这一刻开放，下一刻飘落。

我又看见了那些熟悉的沙丘，看见了初春抽枝发芽的老榆树，那棵巨大的榆树树干还是那么挺拔，树枝上缀满了一条条一串串的榆钱儿，嫩嫩的。若是母亲健在，一定会让我们上树去捋榆钱儿，那是母亲爱吃的。孩子们捋下的榆钱儿母亲会像宝贝一样对待，细心地摘去杂质，洗了一遍又一遍，直至洗榆钱儿的水变得清澈，然后放在一个竹筐里晾着沥干水分。母亲再拿一个面盆，放上酵子发上面，待面粉充分发酵鼓起之后，把洗净的榆钱儿加上一些玉米面，揉进发好的面团里，并不做成馒头的样子，而是用大火蒸成一个个窝头。

上蒸笼的工夫，母亲会让我们剥蒜。一般都是我负责砸蒜。我们家的蒜臼是石头的，蒜锤很沉，捣起蒜来很是给力。把蒜泥从臼里倒出，放在一个碗里，加上一些清水、酱油、醋，最后淋上香油。待榆钱儿窝头出锅，此时一家人围坐在桌子边，早已饥肠辘辘，拿起热气腾腾的榆钱儿窝头，蘸着蒜泥，吃着非常筋道，我们吃得津津有味。有的时候，母亲也会把洗干净的榆钱儿，放在快熬制好的小米粥里，母亲说小米粥这样做有菜有饭，还好喝。的确，加上了榆钱儿的米粥很爽滑，更有大自然赐予我们的淡淡清香。

在我们居住的院子里，母亲开辟了一个菜园子，印象最深的是黄瓜。黄瓜是需要搭架子的，母亲不知从哪里弄来了细细的竹竿，一大捆，放在地上的时候，那些细细的竹竿，有的还泛着青绿，母亲把它们疏密有致地栽在泥土里，再用细铁丝绑在一起，搭起一垄垄的架子，那些黄瓜秧子就听话似的爬到架子上，先是盛开金黄色的毛茸茸的花，接着就一点点地结上了小小的黄瓜。母亲浇水施肥，精心侍弄，那小小的黄瓜就一天一个样地长，直到长成了顶花带刺的脆黄瓜，成了我们家餐桌上最为新鲜的素食美味。

如今想来，那时候的生活简朴单纯，没有大鱼大肉，都是一些非常原生态的素食，却因为家里有父母双亲、兄弟姐妹，其乐融融，让我在那样艰苦的岁月里，品尝到了生活的醇香，感受到了亲情的美丽。

在东北的日子

那年秋日的黄昏，父亲收拾着行装，准备去关东看我的奶奶。我的伯父，一个在贫穷与饥饿的逼迫之下闯关东的汉子，凭一双勤劳的手，在那里站稳脚跟，成家立业，将我的奶奶从山东老家接去已有些年头了。

父亲的行装很简单，然而终日饥肠辘辘的我，被那几个雪白的馒头、美丽的花卷所深深吸引，我的目光在那一堆干粮上瞟过来瞟过去，然而我知道那是父亲带在路上吃的。于是我就动了和父亲一道去的念头，我想只有这样，我才有可能分享那些"美味"。我开始软磨硬泡。第二天一大早，我终于有机会一同上路了。

漫漫几千里的长路，在当时交通条件极不发达的情况下，对一个几岁的孩子来说并不是一件很美的事，可当时只想着父亲的行囊里装有花卷与馒头。虽是一路风雨一路劳顿，然而有幸坐在火车上，享受着心目中的"美味"，即便那馒头已是又凉又硬，吃起来掉着渣子，我依然感到了一种莫大的满足。大食堂里一天到晚的大稀菜汤子，把我搞怕了，我又瘦又可怜，小脸儿终日呈菜青色。

上车下车几经周折，三天之后，我们到了桦甸县城，在一个大车马店里搭上一位老乡的马车，晃晃悠悠地行进在东北粗犷的山水间。马车到了一个小镇，就不再往前走了。剩下的二十里山路，就要靠自己的双脚了。父亲带在路上本就不多的干粮早已所剩无几。肚子饿，脚下软，实在走不动了就在山路边蹲下来，父亲在前边背着行囊费力地招呼着我，我软软酸酸的腿脚甚至站不起来，父亲从包中取出最后一个馒头，掰给我一些，我吃几口走几步又蹲下，父亲又掰下一块在前边诱惑着我，就这样我像只可怜的小狗一样，一步一挪挨到了伯父所在的那个董家屯。

那个依山傍水的屯子出现在我的面前时，步履维艰的我充满了莫名的感动。秋风秋色中的屯子上空缭绕着袅袅炊烟，弥漫着诱人的饭的清香，这使精疲力竭的我为之兴奋为之神往。

走进伯父家的篱笆门，一种异常亲切的气氛扑面而来。伯父家的大火炕席子虽破旧却是极热乎，那一顿饿极之后的美餐，多年之后回想起来，仍令我神往不已，那金黄的大锅饼、糯糯的玉米大楂子粥竟是那样清香可人。

父亲与伯父及奶奶亲亲地说着什么，伯父的大羊皮袄已难辨其原色。他的大脸膛上，因为几分酒力，洋溢着一种阳刚的豪气，闪着动人的红光。伯父是个普通的农民，他没有文化，他将上学的机会留给我的父亲，使我的父亲成了一个令他自豪的国家干部。在他们朗朗谈笑间，吃饱了饭的我在大火炕的一角幸福地睡着了。

第二天清晨起来，走出屋门，望见那远山近树都沉浸在绚丽而又柔和的秋色里。淡淡的雾气在山间浮游着，给人无限的爱意。脚下是一把就可攥出油来的黑黑的泥土，"关东的黑土地最养人"，伯父的话异常清晰地从我心底深处飘起。这一瞬间，我决定留在东北，留在这块美丽富饶的黑土地上。

父亲一个人走了，我躲在一个角落，望着起伏的山峦间渐行渐远的父亲，蓦然荡起几缕忧伤，这个时候，奶奶一双温暖的手将我揽入她的怀里，无言地抚慰着我。孩子的忧伤毕竟是短暂的，很快我的心情就被伯父家那一大群堂兄妹的嬉闹所感染，我感到我在这个大家庭里很快活，这里虽不富裕，然而毕竟能够使我远离饥饿的困扰。那金黄的大锅饼以及白菜大豆腐的滋养，使柔弱的我渐渐有了生气，渐渐壮实起来。

东北的雪下得早，一夜北风吹来，刚刚还沉浸在秋色中的山川便是一片银白的世界。我和堂兄妹们尽情奔跑在厚实松软的积雪上，雪团雪块打得满脸开花，开心至极。累了冷了，呼啦啦一群都跑回来，鞋子一甩爬到大火炕上，在热热的被子之下焐着脚暖着手。在堂兄妹们中间那一双双鞋子是难分你我的，下炕出去的时候，便一股脑儿往下伸脚，谁先穿上哪双算哪双，一溜烟儿便窜出门去，后边追着的便哇哇叫，倒也其乐融融。

东北这块黑土地就这样接纳了憔悴瘦弱的我，在伯父这个乐观的大家庭里，我感受着伯父的质朴与高尚。他在平凡艰苦的生活中始终保持乐观与自信，作为闯关东来的外地人，他成为屯里人那样信赖的村干部，成为这个屯子里众望所归的人。他用汗水和笑声，蔑视和超越了苦难与坎坷。在东北的日子里，我幼稚的灵魂常常为这里的一切所感动，五花山林中的一片秋叶、松花江上的打鱼船、无边无际雄浑苍茫的雪原、脆生生的东北腔，让我时时感受着生活的火热。

第二年的秋天，给了我一年深情呵护的奶奶溘然长逝。父亲奔丧而来，这时关内的形势也有了好转，我已到了上学年龄，便要随父亲回家。离开的那一天，伯父及堂兄妹们送了一程又一程，我回头望望，熟悉的一切已在我的视线中模糊，我一步一步从此告别了那块黑土地。然而，在东北的日子，犹如一杯陈年老酒，久久酿制在我的灵魂深处，成为我人生历程上醇厚的一页。

大红盖头掀起来

常常能在城市的大街小巷，遇见一列列娶亲的车队，久而久之便悟出了其中的一些门道：按惯例，最前边开道的为小型客货，后斗上是清一色的愣头小伙儿，他们极潇洒地吸着烟，无所顾忌地引燃那花花绿绿的鞭炮，把城市本已喧闹的上空炸个噼啪乱响，看那一副专注的神情，还真像带点儿使命感。第二辆车上是摄像师们，他们极认真地对准尾随其后披红挂彩迎新娘的车，将一路风光收入镜头。

新郎新娘的车之后，亲朋好友长长的车队款款而行。车多车少，档次高低，那就看主人家的家境了。

想起早些年心境纯纯，好奇心重，对那些娶来的穿得花花绿绿的新媳妇看也看不够。小城的大街小巷，认识的不认识的，只要发现谁家的大门刷得新新的，影壁墙上画了一幅艳艳的画，门口插上两面鲜艳的红旗迎风飘扬，便来了精神，与伙伴们相约着挤进门去瞧。新媳妇的新房通常也要装饰一番，当然难与今日数万元的装修相比，在那时也真觉得有几分新意。墙壁四周刷得白亮亮的，房顶墙围用花纸裱上，再把窗户糊上一层粉红的薄纸，映得白亮亮的墙、新崭崭的箱柜桌椅粉嘟嘟的，整个屋子荡漾着喜气。

迎接新媳妇的队伍一大早就要出发。等临近中午时分，新郎、亲朋好友以及前来帮忙、贺喜的人便先后奔出家门向远处张望，盼着那辆迎接新媳妇的车到来。迎亲的车当时基本上是马车，拉车的马头上戴着大红花。车上搭两个席做的篷子，篷子前后都搭着蓝色的布帘，篷子上挂着大红花。新媳妇就蒙着一红盖头悠悠地坐在车篷里，一路上什么也看不见。而外面的人也只知道是新媳妇的车过来了，却难见新媳妇之芳容。马车走得慢，悠悠晃晃地坐在车厢里的新媳妇，一路上自有充足的时间细细品味即为人妻的那一份憧憬与幸福。

远处已隐隐有爆竹响起，小孩子们便由大人引领着去抢摘新媳妇马车上的大红花。据说那花儿能给孩子带来幸福与吉祥，而自觉无此缘分的孩子便早早爬上新媳妇的大炕乱踩乱闹，急急地等待着新媳妇进门的一刻。新媳妇进得家门的时刻，几乎在同一个瞬间，小孩子顾不得看新媳妇，只是你争我抢地把糊在窗棂上粉红的窗纸打碎，一个格也不放过，而且打得越碎越好。

新媳妇终于进了夫家的门，便是高潮迭起的时刻了。喧闹的人群簇拥着新媳妇拜完了天地，一路嬉闹着拥入新房，有人便兴致勃勃一把掀起新媳妇头上的大红盖头，这时新媳妇盘腿坐在铺盖三新的大炕上，静静地，什么话也不会多说。被一些馋兮兮的愣头小伙子捏来搡去逼急了，一些性情刚烈的女子，也会上去给他们一个脆生的耳光。

新媳妇的端庄、矜持、羞涩、娇媚，真是惹人怜爱，撩人魂魄。就连一些平日里不苟言笑的邻里长辈，也借了三天之内无大小的幌子，忍不住凑上前调侃一番。

而此时尴尬、难熬的便是护送新媳妇来的娘家兄弟，看着自家姐妹被人们无所顾忌地调来侃去，又不能发怒失礼，只能装作视而不见、充耳不闻一本正经地端坐一旁。唯两个能干利索的伴娘在新媳妇周围左抵右挡，嘴快手快看谁不像话，连推带搡地往一边赶，然而毕竟势单力薄，新媳妇依旧不断受到众人的嬉闹。

乡下能做伴娘也是种荣耀，一般都是体面能干、圆圆满满的人。伴娘是新媳妇的一根稻草一种依靠，而伴娘要走新娘要留下。外面院子支起的几口大锅已冒着腾腾热气，溢着香味。绿色帆布搭起的大帐篷里，已有了碗筷、酒杯的碰撞声，饥肠辘辘的人们在一大溜儿桌子旁寻个合适的位子，咽着唾沫等着上菜。乡下妇女也爱喝几口，抓着机会便试着咽几口辣乎乎的烧酒，精神来了，脸也红红的。小孩子们便吃菜，忙不迭地从浅浅的碟里夹些塞进嘴里，碟子一会儿便见了底。下一步便是盼着那香喷喷的白面馒头和每人一碗的炖菜上桌。通常是白菜粉条漂着油花儿，尤其是摆在碗浮头的几块鲜嫩的大肉、几颗圆溜溜的肉丸子，更是撩人食欲。

酒足饭饱之后，娘家人抹抹嘴到了该是离开的时候。这一刻，被留下的新媳妇便真有几分惶惶不安，然而纵千般依恋万般不舍，无济于事，泼出去的水喽。这时，新媳妇才如梦方醒，于无助中寻找着自己终身相托之人。而穿戴一新的新郎此时正在团团转地应酬八方来客，尚无暇顾及自己娶来的新媳妇，心却悠悠地系着，忙里偷闲便去新房里看看自家新人一眼。而新郎一进门，则会引起愣头小伙子们及妇女们的一阵更大的哄闹，于是新郎便又悄悄退了去，还是剩下新媳妇一个人在波浪里抵挡着。新媳妇，二十岁左右的年纪，哪经历过这场面呢，又羞又急，便有千般风情万般流韵洋溢。

入夜了，主人家备下酒菜。闹新房的人们情绪正值高涨，而此刻的新媳妇总算有了几分从容——有新郎在她身边，能入场为她遮几分风雨了。人们无所顾忌，开着各种各样的玩笑……

夜深了，闹新房的人们渐渐散去。

花烛烁烁映着一对幸福的新人默然相向，眸子里闪烁起点点滴滴的娇羞与憧憬……

窗外，几个顽劣的小伙子，终究受不住那一份寒冷与寂寞，悄悄退去。不过也真有多情的主儿裹个大衣生生靠在人家新房门上一夜听房，第二天新娘一开门，倚在门上做美梦的汉子便骨碌一下摔进门来……

釉色英谈

第一次走进英谈，是在秋天的一个午后，那天的天气格外好，灿烂的阳光从碧蓝的天空慷慨地洒落下来，照耀在我的脸上，也温暖着我的心房。

英谈，这个藏在邢台太行深处的小山寨，它的古老与神秘，不断拨动着我的好奇和向往。这份向往在这个秋日里终于浓得再也无法稀释，于是走出城市，一路向西，来到英谈。

走进英谈的古寨门，沿着脚下的石板路一步一步往下走，我仿佛正在穿越时光隧道，看得见历史的烟尘，听得见历史的回声。高大的寨墙和层层叠叠、错落有致的明清古民居，似乎站成了一个坚定的城堡群，经历了几百年的岁月沧桑，却依然宁静而淡定。在英谈的宽街窄巷中穿行，在树影婆娑中深切地感受着英谈所蕴含的深厚的文化积淀。唐代末年，黄巢起义军曾在此屯兵，建立营盘。这里还是重要的革命老区，现在的寨子里还留有八路军总部办公室，刘伯承、邓小平旧居。

推开石街旁一扇古朴的大门，走进英谈的百姓人家，随着木门吱吱呀呀的响声，院子里两位忙着农活的老人将目光投向我，亲切的言语之间，我在他们的眼神里读到了恬静与安详。我的目光在院子里游移，最后被那几扇古老的窗棂所吸引，那犹如盛开的菱花花瓣一样的窗棂，使我一下子想起年少时外婆家古老的宅院。多少个漆黑的夜里，当我从胡同里一路小跑回到外婆家，看见窗棂上映出的暖暖灯火，穿越黑暗的恐惧和孤寂就会顷刻散去。我推开木门，就看见外婆盘着小脚在炕头手摇纺车，那纺车不时发出嗡嗡的声音。然后我脱下鞋子一股脑儿钻进被窝，就在这样嗡嗡的声音中甜甜地睡去，一翻身还会说上几句有关刚才游戏的呓语。这是我记忆深处永远难以忘怀的场景，忘不了那熟悉的雕花窗棂，忘不了外婆深夜里为我守候的一盏灯。而今，外婆故去了，就连亲爱的母亲也离我而去，使得继续行走在这个世界上的我，时时会感到无比孤单和刻骨铭心的思念。久久伫立，惆怅着，想象着这个院子里夜晚的一些情景，那似曾相识的窗棂上必然也会亮起一束美丽的灯光。屋子里的老人在静静地享受着美好的时光，恍然间竟宛如走进一片旧梦中。

兴致盎然中在英谈的石街、石栏、石桥间徜徉，那座被石屋庇护的千年古井，水还是那样清澈。恰好有前来汲水的姑娘，年纪不大，但将水桶在井里摆来摆去的姿态，却坚定而熟练。满满的一桶水提了上来，征得小姑娘的同意，饮了几口，顿感清爽怡人。

汝霖堂的正宅大院，门是虚掩着的，主人并不在家。院子中央一个非常大的玉米垛围成圆形，其中整齐地排列着一层又一层的玉米，这些尚没有脱粒的玉米棒，居然呈现出一些近乎透亮的玛瑙色，艺术品一样吸引着我。我从这个大大的玉米垛里，精心挑选了一个最为完美的玉米棒，自作主张装进了我的包里，看见它，我相信我就会想起英谈晶莹饱满的日子。

渐行渐远中，我走出了英谈的另一个寨门，远处是秋阳映照下愈发雄伟的雾子垴，近处是寨子里的菜园子，里面生长着油绿的胡萝卜缨、青翠的大白菜。站在菜地里的小媳妇，脸红红的。小儿子跟在她的身后嬉闹，而她此刻正一手拿着镰刀，一手拿着手机兴奋地和人通着电话，明亮的眸子里闪耀着神采。

即将黄昏，入住农家院，这户农家院建在寨门外的半山腰上，眼前是开阔的山谷。环境不错，收拾得也干净，我坐在院子里，静静地享受着英谈的山野清风。院子里有两棵树，左边一棵是苹果树，树上悬满了成熟的苹果，红通通的；右边一棵是梨树，树上挂满梨子，黄澄澄一片，红红的苹果和黄澄澄的梨子，交相辉映，使这个农家小院更是充满浓浓的生活乐趣。女主人屋里屋外忙着做饭，灶膛里的火烧得正旺，一些柴草的味道和着饭香弥漫着。走进灶间，我看见灶膛里的火光将女主人那纯朴的脸庞映照得格外生动，她不加修饰的笑容张扬着健康的生命力。家里住进了客人，她显得很兴奋，见我站在有些烟火迷蒙的灶间发呆，忽然大声爽气地说："快去院里，那苹果、梨子想吃哪个随便摘吧。"于是，我左手一个苹果，右手一个梨，苹果的酸甜，鸭梨的甘脆，便回味在我的唇齿之间。

晚饭是地道的农家饭，豆沫饭的醇香，蒸红薯的怡人，还有英谈寻常百姓这样自由自在、悠然自得的情怀，让一份久违的亲切和放松，飘逸在我的心间。

入夜，正值农历十五，如盘的月亮悬挂在天边，一层又一层乳黄色的光晕圈拢着月亮，时隐时现。远处的山野，近处的民居，都沉浸在一片静谧之中。静谧之中的英谈之夜，只有虫子悠扬的鸣唱和偶尔从远处飘过来的人们的对话声，却听不见黑暗中喧闹的犬吠，英谈之夜是如此沉静、祥和。

翌日，即将告别英谈的时候，我站在古寨门的大树下，柔柔地向英谈古寨的深处凝望，隐隐有些不舍。阳光依然很好，细碎的阳光从茂密的树冠上透下来，光影一朵一朵摇曳在我的身上。我在记忆的屏幕上，慢慢收拢散在英谈的点点印迹，一阵微风从寨子深处吹过来，洗礼一般扫过我的灵魂。短短两日，我仿佛看到了生命应该具有的本色，那就是内心的朴素和宁静。英谈，在我眼前，忽然幻化出一层淡淡的釉色，那是穿越时空、亘古不变的青花一样的品性，如山花一般在我心底渐次开放，散发着醉人的清香。

风从我的耳边吹过

不知不觉中，春天迈着轻盈的脚步又一次悄悄地向我们走来，天空日渐晴朗，冰冻了一个冬天的大地已从沉寂中苏醒。虽然难免会生出几许韶华易逝、流年似水的伤感，但春天毕竟是一个崭新的世界，是一个令人心潮涌动的季节。这样的季节里和文友去太行山踏青采风，也是一路欢歌一路畅想。

到达临城县城的时候，车上的朋友安静了许多，一个个朝着车窗外那干净整洁的街道以及喧闹的人潮张望。

蓝天生态园门前的两棵仿真大树，出现在我的视线中的时候，我颇有些意外，一个北方的小县城里，会有如此美妙的生态园吗？莲池亭台小榭，曲径通幽，幽深之处不是禅房，是蔬菜大棚，那原本只有一种色彩的青椒在这里却呈现着五彩斑斓的颜色，赤橙黄绿紫，各个晶莹透亮。咬上一口脆生生的，汁液清香，像是在吃水果。我从小就爱做菜园的美梦，祈盼拥有一方肥沃的土地，一堵土砌的围墙，一个木棍柴草搭就的窝棚，离开地面架在半空的那种。我喜欢窝棚中那股柴草的清香，喜欢摇起园中的轳辘就有清澈的井水顺着沟渠去浇灌那青油油的韭菜、水灵灵的瓜。忽然间清风一阵浓香一缕吹落我遥远的遐想，眼前只有那茂密的秧苗上缀满的朝天椒，像是天上的繁星，眨着狡黠的眼睛。

去临城东南角的普利寺拜谒普利寺塔，然而普利寺历经岁月的风雨浸侵，已荡然无存，唯存普利寺塔。普利寺塔，建于宋代，至今仍保持着宋代的原貌，飞檐斗拱，秀丽挺拔。历经几百年的沧桑，普利寺塔就像一位历经世事、特立独行的老人，古老空灵充满诗意。我在古塔下徘徊，与古塔对视，塔身上精雕细刻、形态各异的一千余尊佛像，虽然头部已残缺不全，但是在那一份残缺的美中我还是感受到一份肃穆与庄严。仰起头静静地凝望，天空中淡淡的云朵，慢慢从头顶移过，普利寺塔在晴朗的蓝天映衬下，显得几分大气和庄重，俨然是一副宠辱不惊、笑看人间的大家风范。

塔顶上的那些草啊，还没有完全返青，有些枯黄，望着这些在风中摇曳的枯草，一股莫名的感动、一份刻骨的追怀，穿透了我的心灵。这真是一个清静的妙处，一个远离繁华的心灵憩地。时光倒流，我仿佛又回到了从前，我家曾经也是这样一个有着飞檐斗拱的门楼，虽然也是有些破旧，长满了古塔上一样的荒草，但是在我的眼中煞是亲切。多少个暮色黄昏，饥肠辘辘的我，走进这个门楼，就会看见外婆正在为我升起缕缕炊烟，炊烟的味道是家的味道，含着泥土的芬芳、阳光的馨香，直直地钻进我的肺腑。红红的火苗欢快地舔着那口大铁锅，升腾着热气，煮熟了一锅金黄的小米粥，蒸就了一排白胖的馒头，使我得以汲取生命的营养，默默品味着一缕缕家的幸福。如今外婆已远离我而去，那门楼里永远不会再有外婆熟悉的身影、慈祥的面容。人生路上，生离死别，地老天荒。我再一次仰起头凝望普利寺塔，凝望摇曳在塔顶上的枯草，我的思绪已穿越时空长长地飞扬开去，去追怀生命中那些永远逝去的往事和故去的亲人。自己那颗羸弱的心，情不自禁地涌动着难以自持的波涛，响起沉沉的暮鼓，这时，风从我的耳边吹过，吹落我满面的泪光。

让幸福像花一样开放

又是一年的秋天，虽然西风渐紧、黄花渐瘦，但植物成熟的气息、果实成熟的芬芳，是秋天独有的韵味，一如既往地让我喜欢。

因为对这个季节的钟爱，我常常在秋天的时候外出旅行。屈指算来，几乎走遍了祖国的山山水水。

每一次旅行，都是一次心灵的放松、思想的洗礼。旅途上的风景和那些独特的人文情怀，都像生命中的许许多多记忆一样，珍藏在忆念的库存中。闲下来的时候，细嚼慢品，悄然回味，是人生路上的一种精神滋养。

随着岁月的流逝，年龄的增长，习惯远眺的目光更愿意回望故土，因为我发现脚下这块生我养我的土地，已经发生了巨大的变化，家乡的山更青水更绿，青山绿水和火热的生活，深深吸引着我。

今年这个秋天，我将脚踏实地在这片土地上，去寻觅属于邢台的记忆和风景。朋友说去栾卸吧，那里是全国文明村、全国人居示范村，传说中的栾卸很富足、很美丽。

沙河市栾卸村，其实我早有耳闻，曾经是一个地处太行山东麓的穷山村，早在 20 世纪 80 年代就已经声名鹊起，是因为这个小山村有一位致富带头人——李长庚，十八岁就开始担任村党支部书记，几十年如一日，凭着自己的无私和奉献、胸怀和远见，把一个穷山村建成了全国新农村建设的楷模，恒利集团的名字享誉全国。

然而，这么多年过去，我并未真正走进过它。真想去看一看栾卸的模样。

秋天的阳光伴我一路走来，走进栾卸时，正值中午时分。笔直干净的林荫大道，两边生长着茂盛的树木。树影婆娑中，恒利庄园的七十九座别墅式的洋房依次排开，错落有致。大片如织的绿地上，草是那么鲜嫩，散发着清香。不时有鸟儿在其中自由地鸣唱，或觅食，或展示着自然界的生命在这里最畅快的飞翔。

一时间，我的心竟有几分迷离，这是一个村庄的模样吗？如果不是正值秋收时节，不时有人赶着车拉着一些成熟的庄稼从路上走过，如果不是路边晾晒的玉米，栾卸完全是一个城市的模样。

栾卸人的生活真是很用心，那晾晒在路边的玉米棒子，他们不会随意地乱放，而是极细心地把它们围成或方或圆的造型，并像垒墙一样码起一个整齐的边缘。再看看在路边打芝麻的农妇，不急不躁，把一棵棵芝麻秆捆扎得很细致，然后拎起一捆，拿着一根棍子精心地敲打，白白的芝麻粒便欢快地从芝麻壳中蹦落在地上铺开的布单上。

细细打量正在专心敲打芝麻的女人，脸上没有劳作的疲惫和烦乱，只有收获的甜美和从容。

在栾卸，每家每户真正需要耕种的土地已不多，一些土地也都被用来种玉米、黄豆、芝麻等农作物，为的是丰富自己的餐桌，调剂自己的生活。

但是 20 世纪 70 年代之前的栾卸村，可不是这个样子的，那是一个花钱靠救济、吃粮靠返销的穷山村。为使村民们"锅里有米，手中有钱"，1979 年，刚当上村党支部书记的李长庚便开始把工作的着力点放在，如何使栾卸村从单一农业向多元经济发展的转变上来。用了几年的时间，栾卸村依托地下丰富的煤炭、铁矿资源，深挖地下聚宝盆，完成集体经济发展的原始积累，并相继办起养鸡场、食品厂、选矿厂等多家企业，培植起地上的摇钱树。初步完成了由农业经济为主导向工业经济为主导的转变。

然而，栾卸人没有满足，而是把目光投向由吃"资源饭"到吃"科技饭"的结构调整中，决心走农村工业化道路，实现共同富裕。1990 年，栾卸村投巨资建起了一座现代化的制药厂，并在全省率先组建了制药、矿产、运输等多元经营的乡镇企业集团——河北恒利集团。之后，集团越做越大，成为拥有十一家独资公司和控股企业的国家级乡镇企业集团。

走在发展壮大的路上，栾卸人又适时提出"以明晰产权为核心，以股份制改造为形式"的企业改革思想，用很短的时间完成了股份认购和产权结构调整。如今，"恒利"二字叫响了大江南北，其主打品牌"康必得"更是家喻户晓。几年间，恒利集团的事业步入了成熟发展期，在全国制药企业百强排行榜中，位列第五十八位。

这几段文字，可以简单地勾勒出栾卸的发展之路，却写不尽栾卸人在创业的路上，花费的心血，付出的辛苦。

行走在恒利庄园平整干净的街道上，感受着栾卸的巨变和美好，真是神清气爽，阳光为我披上金色的衣裳，清风为我拂去都市的倦怠，所有树木为我伸出热情的双臂，路边繁星般的花朵也都对我笑意盈盈。

路边的长凳上正在享受秋阳的老人，以主人的姿态打量着我，走上前打个招呼，老人说："不太熟，你从哪里来？"他们的目光是那样祥和。问起老人现在的生活，大爷的脸上立刻笑意荡漾，说："好，好，国家叫享福呢，村上的书记叫享福呢。"我相信，这话发自内心。因为这位老人，衣着整洁，满面红光。

旁边的一位大妈忍不住也对我比画着什么，我正要上前搭话，大爷说："她听不见，是个哑巴。"我一下子有些愕然：聋哑人，我怎么没看出任何迹象。大妈衣着得体，那一头银白的头发，也是清清爽爽的，脸上闪烁着幸福的光芒。

栾卸人的恒利庄园是被鲜花簇拥的庄园，尽管已是秋天，但是适合这个季节盛开的各种花朵，还是娇艳地绽放着。红的扶桑,粉的月季,还有一些叫不上名字的花朵,盛情地装扮着这个美丽的庄园,也绽放着栾卸人对生活的热爱。

走进一户人家,大爷和大娘两个人刚刚午睡起来。沙发前的茶几上,一杯刚泡好的茶,隐隐地散发着香气。我说:"大爷喝的是铁观音吗?"大爷有几分诧异地看着我:"你懂茶?你是怎么知道的?"我笑而未答。大爷说是儿子给买的,他就爱喝这口。我说:"早年间,咱们北方人都喜欢喝茉莉花茶。"大爷意味深长地说:"那时候饭都吃不饱,就别说喝什么茶了。"

我端详起老人的家,二百多平方米,上下三层,大大的落地窗前,摆着一盆盆绿叶植物,给这个客厅增添了无限活力。电视、冰箱、空调等家用电器一应俱全。这哪里是一个农民的家,而且从两位老人的神态和衣着上怎么也找不出昔日农民的模样,整个客厅没有一点儿的土腥味,明亮而干净。我说这样的房子,在栾卸算是特殊的吗?大爷回答说,这是很普通的住房。"这样的房子,在城市里那就是别墅啊,一般人是住不起的。"听我说完这话,大爷的脸上泛起的是淡淡的笑意。这笑意一定来自心底,笑意中传达出的是掩饰不住的幸福。

其实,栾卸的村民也早已超越农民的身份,因为他们都是恒利集团的股东。告别街窄房低、路凹泥大的村庄旧貌,祖祖辈辈生活在低矮的平房里的农民,如今住在这样的花园洋房里,夏天不热,冬天不冷,平时街道有人打扫,治安有人巡逻,生态环境好,空气质量佳,真正圆了栾卸农民的都市梦。年年可以分到可观的红利。年轻人可以到药厂工作拿工资不用外出打工。中老年人在承包的土地上种些经济作物，一样可以增加收入。这样的日子岂不是很美，不笑才怪呢。

恒利庄园是被绿树掩映的庄园，银杏、红枫、黄栌等各种观赏树木，在秋天阳光的照耀下，红的娇艳，黄的醉人，绿的青翠。极目远眺，层林尽染，恍若世外桃源。

最可贵的是这"世外桃源"中的那份纯美和安静。在喧嚣纷扰的世界太久了，很多时候，内心的安静只能寄希望于黑夜，而黑夜里，也会有一些噩梦不期而至。而今天，我漫步在美丽的恒利庄园，真实地感受着什么叫白日梦，这是一个诗一般优雅的梦。

徜徉在栾卸北坡人工湖畔的依依垂柳之下，望着湖里的碧水泛着波澜，很细小，只有被微风吹拂时泛起。此刻正有人在湖边垂钓，看上去悠闲而散漫，似乎并不急于钓到鱼，静静地坐着，眼睛盯着湖面，若有所思，不知在想着什么心事呢，栾卸的垂钓者真的是气定神闲。

远处的林荫大道上，走过来几个年轻的女子，像是去参加什么集体活动的。有的手上拎着水壶，有的拿着手套，边走边在说着什么，看见站在垂柳之下的我，稍稍有几分意外，也在目不转睛地看着我，似乎在猜测我的来历和身份。我微笑着迎上去和她们打招呼，问她们去干吗？去帮人家干活！她们的回答也很干脆利落，友好的笑意即刻也像湖面荡起的涟漪。

望着她们远去的背影，忽然感到一种昂扬的精神风貌，这一品质在其他乡村妇女的身上彰显得并不突出。我久久地凝视着她们的背影渐行渐远，密林深处，却传来了她们更为大声爽朗的笑声，不知她们聊到了什么高兴的事，让她们如此地开心快乐。那笑声从远处飘来，给了我心灵极强的穿透力。我想，这笑声，也都是源于栾卸平静而富足生活的滋养吧。

听自己的脚步声响在平整的林荫路上，湖边的垂柳在风中依依起舞，树影是那样婉约。秋天，总是善于把自然界的一切当作画板，来表达成熟的愉悦。红的枫，青的松，这些丰富的色彩极其鲜艳地组合在一起，使我觉得不是在看栾卸自然的美景，而是在欣赏著名的油画。

在栾卸的万亩银杏林中，大片大片的银杏树，在秋天的濡染下叶子已变成了金黄色，在蓝天的映衬下闪着质感的光芒。这些金黄的银杏树叶，最终会被采摘下来作为制药的原料，进入恒利制药的车间。

栾卸的夜晚同样是美丽的——夜幕降临，华灯初放，整个恒利庄园五彩缤纷，如同美丽的幻境。在栾卸，枕着满天的星光和草木的清宁，一夜无梦，天亮了还不知道。走出梦境，先听见了鸟儿的欢唱，是那样婉转悠扬。睁开双眼，灿烂的阳光已穿透没有防盗网的玻璃窗，星星点点洒落在我的脸上，充满温暖。

在晨光的簇拥下，我来到恒利学校门前的草坪上，学校里也很安静，没有孩子们太多的喧闹声，一路之上，看见的是许许多多早起晨练的人，说说笑笑中充满幸福和安康。

　　站在这片开阔的草坪边，吹过来的晨风，散发着一股淡淡的甜味，那是成熟的庄稼散发出的味道。草地上花喜鹊在追逐嬉戏，白白的肚皮，蓝色的身体，体态很肥硕。

　　我久久地站立着、凝视着，深深地迷恋着这样的场景、这样的气息，那份弥散空气中的甜美和清香，已经浸满了我的内心深处，令我唇齿生香。

　　栾卸的庄园和菜园，栾卸的绿地和庄稼，是城市和乡村的完美结合。栾卸已经是一个超越了传统意义的乡村，步入了城市文明，它是古朴而现代、幸福而美好的。

　　栾卸人的幸福不仅是写在脸上，而且是洋溢在心底的，愿这样的幸福，像花一样开放在祖国的大地和村庄。

亲情的盛宴

漫长的冬日和令人窒息的雾霾过后，期待中的春天终于来了。不知不觉中，几缕春风已经吹开了枝头的绿意，吹来了遍地的花香，这是一个春暖花开的好时节。

恰是在这样悄无声息的四季变换中，时光的尘埃早已落满全身。但总有一些珍贵的记忆，宛如美丽的焰火闪着光，把那些消失在岁月深处的往事照亮、复原，清晰地闪现在我的面前。就像是人生路上一盏盏被点亮的心灯，在生命中一些无助和无望的时刻，驱走内心的孤寂和黑暗，让我对那些美好的日子永远深怀敬畏和爱恋。

我的故乡在冀南平原南部的广宗县。广宗县地处古黄河、漳河的冲积平原上，土地并不肥沃，沙地和盐碱地居多。但据史料记载，这座古老的小城，在商代因有河泽之利，水草丰美，盘庚在此建有离宫别馆，商纣王更是在这里修建园林，筑成沙丘台，史称中国第一座皇家园林。而中国封建社会的第一位皇帝秦始皇力求长生不老药，五次东巡，路过此地，最终病逝于沙丘平台，灵柩曾停放在广宗的县衙大堂。

广宗的县衙，曾是一个非常完整的建筑群，衙门口曾经矗立着巨大的牌坊和鼓楼。因为年久失修都已倒塌，只剩下高高隆起的砖瓦土堆，成了孩子们爬上爬下的玩乐之地。从衙门口到大堂之间是一个非常开阔的院子，右侧是一座自古有之的监狱，后来成为由武警驻守的看守所，整天大门紧闭，我对这个地方向来都充满恐惧感。

大堂之后是二堂，大概是当年县太爷居住休闲之地吧。二堂之后是一排又一排的建筑，当然有的是新建的房子。这座充满了传奇色彩的县衙大堂，历经朝代的更迭，岁月的沧桑，在一年又一年风雨的侵蚀之下，像是一位垂暮的老人，在风中苦苦支撑。尽管如此，那高高在上的恢宏气势，青砖碧瓦，飞檐斗拱，依然能显示出当年的威严。

我对这座建筑太熟悉了，我少年时母亲的工作单位，就在大堂后边的院子里，那是我经常去玩的地方。大堂和二堂的中间有一棵柏树，非常高大粗壮，树干有一个自然的弯曲度，很适合我攀爬上去。只是母亲千叮咛万嘱咐，不许我乱动那里的东西，说这院子里的东西珍贵着呢，是文物，要我多加小心。

我太喜欢那个地方了，偌大的院子里，总有一些古色古香的地方，可以满足我的好奇心。一只躲在古树下的蜗牛，都比外面见到的体态硕大丰满，两个细细的触角，总是懒得伸出来，它更喜欢沉浸在自己的世界中做着千年古梦。看到蜗牛总是沉睡，我就把它放在手心里，另一只手不断地捶打着手腕，渴望摇醒蜗牛的美梦。有时候，蜗牛在不断震动中，两个细细的触角真的会伸出来，就连软软的身体也会爬出来，想必也想看看外面的世界究竟发生了什么事情。

在我的印象中，这座大堂的门永远是关着的。我从来没有走进去过，这让我对大堂里面是个什么情境，更是充满猜测。我想知道当年县太爷审案判案的地方是否依旧，那些戏曲舞台上见到的判罪论刑的木板子是否还有。有时候按捺不住那份好奇，会隔着两扇紧闭的门缝朝大堂里张望，心却在不停狂跳，其实是怕看见里边真有什么神秘的东西，惊了我的灵魂。

一个安静的中午，母亲在她办公室里边的屋子里休息，我不想躺下睡觉，就独自在母亲的办公室里想着各种办法玩。很快就找到一件有趣的事情——将双脚蹬在通往套间的那扇门上，拉住门的把手，转过来悠过去，做起了自己的秋千之梦。

然而好景不长，正在我悠然自得之时，那扇门下面的挡板不堪重负被我踩掉了，我一下子跌坐到地面上，顿时吓得惊慌失措。我这不是弄坏了"文物"吗？母亲对我说过的话，如一声声的炸雷回响在我的脑海。我赶紧爬起来，用尽了全身的力气，想把那块挡板安上去，可是无论我怎样努力，都没能把挡板复原。我深感事态严重，又怕惊醒了母亲，最终决定扛起那块挡板，仓皇中逃离了母亲的办公室。

当我从那座古老的大堂边上走出来的时候，肩上扛着那块挡板，挡板上剥落的油漆，有些扎手，但更像扎在我的心上。我心情忐忑，四顾茫然。站在这座威严的大堂前，感到自己是如此无助而孤单。

我站着犹豫了一会儿，最终决定了我的行走方向——去外婆家。大堂右侧的操场上，有两个篮球架子，我的哥哥正在那里打篮球，看我的肩上扛着一块木板，便有几分诧异。正想跑过来问我，还未开口说话，就又被场上的伙伴们招呼着去三步跨篮了，那姿势还真有几分洒脱。看着哥哥他们开心地传球投篮抢篮板，我的心情就更加沮丧了，不知道该怎样处理这块挡板。

正午时分，在阳光暖暖的照耀下，耳边有一阵风吹过，我听见了身后那座大堂的屋脊之上，发出了若隐若现的风铃声。是这悠扬悦耳的风铃声，稍稍平复了我慌张的情绪，我迈开脚步，向我的外婆家走去。同时把那块挡板丢落在外婆家的院子里，忘记了我当时对外婆说了什么，就又迅速溜出去了。

母亲一觉醒来，发现我不见了，门坏了，就连门上掉下来的挡板也不见了踪影，连忙起身追了出来。哥哥依然在那里打篮球，母亲问哥哥，哥哥说见我扛了一块木板不知去了哪里。母亲猜到了我的去向，并在外婆家的院子里找到了那块挡板，很快就找人把门修好了。

这一切，我并不知道。天就要黑了，我心里虽然充满恐惧，但不敢回家，就困顿地躲在一棵柳树下。极度的自责，让我感到五官都走了样。心里焦急四处寻找我的母亲，在河边找到我的时候，眼里只有惊喜没有责备。她说门坏了可以修好，那扇门并不是文物，不要担心。在苍茫的暮色中，我一下子如释重负，眼里却淌着泪水。母亲绵柔的手紧紧牵着我走在回家的路上，是母亲的宽慰和慈爱，让一个自以为犯了严重错误的孩子的那颗忐忑不安的心重新归于宁静。

这件事之后，母亲决定在我家的院子里为我搭一个秋千。我至今记得那个秋千的模样，中间是一块小小的木板，两端两根粗粗的麻绳拴在那棵老枣树的枝杈上。就在这个非常简陋的秋千上，在可以双脚离开地面荡来荡去的那一刻，我的心里盛满了开心和快乐。我看见站在树下的母亲，脸上洋溢着满足的微笑，一定是孩子的笑颜，使母亲内心充满了温暖与芬芳。

枣树的枝杈间透过来的阳光，照在嫩绿的叶子上，椭圆形的枣树叶子闪着质感的光芒，香甜的枣花无声地洒落在母亲的身上。微笑中的母亲看上去很年轻很美，浓密的齐耳短发被两只原始的小黑发夹整齐地别在耳后，满是笑意的眼眸里闪烁着柔情。这是一个枣花盛开的春天，淡淡的花香，在母亲的举手投足间涓涓流淌。

依然是那个春季的一天，姐姐忽然从外地回来了，那时候她十六岁，是个刚刚长大的孩子。离家外出工作的日子，或许对她来说太过漫长，其实她离开家、离开母亲不过两个月的时光。进了家门，她就四处张望，急切地寻找着母亲的身影，一声一声地呼唤，渴望母亲能够马上出现在她的面前。然而她没能如愿，母亲没在家，下乡了。

姐姐转过头问我，母亲去哪里下乡了，我们要去乡下找她，她想娘了。于是，姐姐骑上家里的自行车，让我坐在车的后座上，沿着出城的路，快速地向前奔去。

我清楚地记得，母亲下乡的地方，叫葫芦村，离县城大概七八里路。中间是一段凹凸不平的土路，坐在自行车的后座上，其实是很难受的。但行走在见母亲的路上，感觉却是那样美。我的眼睛不断被田野上各种各样的事物吸引，青青的麦田被风一吹，一波又一波的绿浪不断地翻卷着，非常有节奏有层次。一片片的油菜花，开得正艳，金黄金黄的，在风的吹拂下闪着迷人的色彩。阳光和油菜花香，像潮水一样弥漫过来，洗刷着我的每一寸肌肤，周身都是香甜的味道。即将见到母亲的兴奋，让我对一切都充满新奇和向往。

一条蜿蜒的土路，把我和姐姐引入这个村庄，在不断的左转右拐中，终于在一座场院里看见了母亲。母亲第一眼看见我们姐妹俩时，先是一个愣神，紧接着伸开双臂，左一个右一个把我们俩搂在她的怀里。母亲的怀抱好温暖，母亲的气息好迷人，那是我永远都难以忘记的场景。

那是一个物资匮乏的年代，那是一些简单而平凡的日子，那又是多么幸福的时光。

每个黄昏和白昼，只要看得见母亲的身影，心就是踏实的，在我的眼里那是最美的身影。只要听得见母亲的声音，心就是幸福的，在我的耳畔那是最暖的声音。

在夜色迷离中，饥肠辘辘的我回到那个安静温暖的家，家中的灯会亮着，橘黄色的灯光辉映下，饭桌上，会有热气腾腾的饭菜，虽然简单，但一粥一饭、一盘一碗，都像盛开的亲情之花。围坐在桌子旁，我的父母我的兄弟姐妹，在无尽的欢颜中，享受着这份亲情的盛宴。是我的父母双亲，让我在那样一个缺吃少穿的年代，觉得生活是如此开心和美好。

然而人生短暂，生命之旅在不住地前行，那些曾经的幸福，也在不知不觉中渐渐远去。那些曾经陪伴在我左右的亲人不断离我远去——先是姐姐早逝，外婆离去，后来与我相依相伴几十年的母亲，也生生地从我的生命中消失，只留下一袭虚幻的背影，让那喊了一辈子的娘的一声，如今却只能和着泪水哽咽在喉，早已无从开口。

而我只能在喧嚣尘世的疼痛与磨难中不断回眸，回望那些在小城度过的纯粹而美丽的岁月，忆念那些感人肺腑的至爱亲情，一颗流离失所的心方能获得安宁。

此刻，又是一个春天的午后，窗外正飘着鹅毛大雪，四月的意外飞雪，无情地洒落在刚刚萌发绿意的枝头。世事无常，岁月匆匆，就让我们在人生的路上，用心去疼父母、爱孩子，珍惜亲情，享受属于我们的一场又一场的亲情盛宴。那些盛开的亲情之花，可以一生一世温暖、滋养我们的心灵。

京城记忆

2015年秋天的一个午后，在北京，那真是一个难得的好天气。往日肆虐横行的雾霾，不知被一夜的大风赶到了什么地方，已经消失得无影无踪。阳光如此明媚，天空如此湛蓝，白云如此纯净，心情如此美好，京城的一切，在我眼里充满了芬芳。

这一刻，我坐在北京历代帝王庙，等待着一场音乐会的开始。

历代帝王庙建于明朝嘉靖年间，里面祭祀的都是历代开国帝王和开国功臣，共有188位皇帝的牌位，伏羲、黄帝、炎帝位列其中。

我眼前的景德崇圣殿，金砖琉璃，廊檐飞翘，辉煌而壮观，在今天依然显示出超凡的庄严和神圣。这些气派的建筑是古代建筑宝库中的精品，更是吸引海内外华人祭祖炎黄、颂扬圣贤、增强民族凝聚力的重要文化场所。

中央广播民族乐团的中秋音乐会为什么会放在历代帝王庙演出，我已心领神会。坐在景德崇圣殿前的广场上，心生崇敬，静下心来，我仿佛看到了时光从远古走来的脚步，听到了时光向未来走去的晨钟。

大殿前的石阶上，已经摆放了各式的乐器。演奏家们已依次登场，在自己专属的乐器前各就各位，最后是音乐会的核心——乐队指挥——在掌声中登场。乐队指挥看上去很年轻，虽然说不上太帅，但是有着一种由内而外的强大气场。

演出开始，美妙的音乐，即刻像天籁一般向我飘来，时而像清澈的水，在洗涤我的灵魂；时而又像奔腾的万马，让我心潮澎湃。音乐飘飞，阳光普照下的一切，都散发着香甜的味道。我看见坐在我身旁的女儿，听得近乎入迷。她一身的亚麻裙装，白色的上衣，红色的长裙，令她与这场古典音乐会浓淡相宜，十分和谐。她皮肤白皙，长发飘飘，干净而纯美。有女儿的陪伴，真好。

美好的时光总是溜得飞快，两个小时的演出已近尾声，音乐会即将谢幕，那些响在耳边的掌声真诚而热烈，一次又一次由衷地响起，直到乐队指挥一次又一次谢幕，观众才在依依不舍中注目着乐队离场。

我和一脸陶醉的女儿又匆匆赶往朝阳区，那里还有一场话剧演出在等着我们。

赶到朝阳区的那座剧院时，已是黄昏，街上灯火辉煌，京城的味道更加浓烈。我远远地看见了对面的北医大三院，忽然想起前不久我的二哥在北京住院，就是在这家医院。想来北京看望二哥，却被二哥、二嫂极力阻止，说是太远了，来了也不能随便探视，就回去再见吧。我就真的没有来京，却日日担心和牵挂二哥的病情，好在如今二哥早已康复回家。但是我今天看见这家医院时，还是觉得这周围一定有过二哥和二嫂活动的痕迹，内心感到亲切，便拿起电话给二哥打了过去，说我们正在他曾住过的北医大三院的附近，很想念电话那一端的他。我听出了二哥对这家医院的复杂感情，毕竟二哥在这家医院经历了病痛的洗礼。

大哥在我很小的时候就离开了家，我更多的时候是跟着二哥玩。二哥小时候养过一只小羊，我就常常跟二哥去田野里割草，冀南平原一般是种玉米，那时没有除草剂，全靠人们拿着锄头锄，草的生命力很顽强，在一望无边的青纱帐里，锄头锄不到的地方，野草往往是和玉米棵子一起成长，也很茁壮。所以割草就成了一件很简单的事情，不一会儿两个人就能割上一筐。新鲜的草一到家，那只白色的小山羊就咩咩地围上来，吃得很是开心。二哥又弄来了玉米糊糊，调剂一下羊的伙食，可见小小年纪却很会饲养。那只小羊在二哥的精心照料下长得很快。我喜欢羊，却很怕猪，大街小巷上假如与一头猪遭遇，对我来说，那简直就是恐惧到腿软，我总是惧怕猪那长长的嘴巴子会拱到我的腿，咬到我的脚。两次被猪吓得蹲在地上哭天抹泪，都是二哥站在我的身后为我壮胆，把那些招摇的猪轰得远远的。

那个时候我居住的小县城里，还有一些水塘，冬天的时候水面结了厚厚的冰，放学之后，我们会结伴去冰面上滑冰。现在想来其实很危险，冰面并不结实，但孩子们并没有意识到这种危险。雨季的时候，水塘里的水涨得满满的，孩子们依然去水边摸小鱼捉小虾，危险依然存在。那天黄昏，天气炽热难耐，我和英子又跑去水边玩，图个凉快，却不料一失足跌进了水塘里的深坑，水几乎一下淹没了我。这个时候，同在水边玩耍的二哥一下子把我从水里捞起来，让我转危为安。

时针已指向晚上七点半，我和女儿一起入场，看话剧《既然青春留不住》。观众大多是一些年轻人，台上的青春气息和台下的年轻人，融合得恰到好处。台下的一阵阵掌声，落在我的心底就是一声声慨叹：青春留不住，岁月总无情。一晃就是数年，想起我第一次跟着父母来北京，从一开始说定到最后成行，心里足足美了好几天，见了同学总是忍不住地说"过几天我就要去北京了"，那种抑制不住的自豪感，引来同学们多少羡慕的眼神。

到北京要坐火车，而我居住的县城不通火车，就要先坐汽车去邢台，汽车也就一两班，过了点，就再也没车了。那天一大早，天蒙蒙亮，尚在睡梦中的我，被父母叫醒，洗了一把脸就去赶汽车。晃晃悠悠一百多里的路颠了两个小时才赶到。不知怎么在火车站买的是晚上的火车票，我们就在一个靠近火车站的旅馆里等到天黑。夜色中，站在月台上等着从南边开过来的火车，第一次见到绿色的长长的火车，那沉重的呼啸声让我的小心脏突突地跳。上了火车，没有座，就坐在靠近车门口的地上，八个小时到北京，正好天亮。

记得当时住在月坛公园附近，是一个部队的招待所，住下之后第一站就是去天安门。我在天安门前站在父母的中间照的那张照片，黑白的，至今留存。照片上的我梳着两个小辫子，非常瘦，一脸的单纯。

在北京，父母让我吃到了有生以来最好吃的冰激凌，黄色奶油的，有着那样诱人的芳香，吃在嘴里，香香的、甜甜的，沙沙的、凉凉的，感觉真是好。那一天，我们又去了永定门火车站，接来了在官厅水库当兵的大哥。晚上在一家回民餐馆吃的饭，饭菜精致可口，印象中有一道菜是烧牛肉条，又脆又嫩，美味多汁。

我们去了颐和园，万寿山巍峨秀美，湖水波光涟漪，大哥在颐和园附近的商店里买了一个西瓜，不大但很甜，品种是京西产的枣花西瓜。在北京的几天，一切都像这西瓜一样新奇和甘甜，更有父母的呵护，那是蘸了蜜一样幸福快乐的日子。

几十年过去，今夜星光灿烂，比星光更为灿烂的是北京的夜晚。看完了话剧，我和女儿选择步行穿过簋街回宾馆，顺便享受了一下京城的美食。簋街，北京饮食文化的代表和时尚餐饮的集中地。虽然夜色阑珊，但热闹的簋街灯火辉煌，热闹非凡。

走进路边的一家餐馆，点了一盘在簋街很著名的麻辣小龙虾和几种小菜。鲜活的小龙虾，加上师傅的精心烹制，红红亮亮，虾肉新鲜，味道浓郁。

今天的簋街，成了京城的又一个好去处，在那里，各色美食散发着迷人的香。

继续穿行簋街，初秋的风有了几分凉意，又加上下起蒙蒙细雨，吹起女儿单薄的白衬衣、飘飞的红裙子，便挽起女儿肩膀，快步回了宾馆。

第二天早早起床赶去机场，飞机从首都机场起飞一路穿云破雾，向着祖国的大西北飞去。女儿依然静静地坐在我的身边，有女儿的陪伴，真好。

或者之后的某一天，女儿也会想起我们今天的京城之旅。这个秋日我们在京城所经历所共享的一切，都会成为她人生路上的美好记忆。这就是血脉的相依，这就是亲情的传承，一代又一代，从远古走来，向着未来走去。

秋天的时候在绿岭

　　第一次走进绿岭，是在一个秋天，那天的阳光格外明媚，有一些淡淡的风从我的身边悄悄吹过，弥漫着果实的味道和收获的气息。在春夏秋冬四个季节中，我更喜欢秋天，对秋天的情感也是丰富而饱满的，所以我常常会选择在秋天的时候外出，去山脉河流，去田野平畴，放松心情，亲近自然，感受生命成熟的美。

　　几场秋风过后，谷子金黄，高粱火红。漫山遍野的核桃沉甸甸地挂在枝头，绿岭也就因为那成熟在枝头的果实而热闹起来，人们在忙着采摘树上的核桃，一年的期盼一年的收成就将尘埃落定。但是绿岭的热闹是那种在含蓄收敛中静静绽放出来的，这是绿岭人坚定自信所表现出的一种内在张力。

我徜徉在绿岭繁茂的核桃林中，仿佛漫步在记忆深处的苹果园，而枝头那颗颗成熟而饱满的核桃也像极了记忆中的那些青涩的苹果。绿岭的核桃树并不是很高很大的那种，一棵棵树形极美，有的看上去很单薄，却很有担当，一般枝头也缀满了果实，我想这就是农业科技应用的力量，绿岭的每一棵核桃树都是经过精心培育的新品种，第二年开始挂果，三年就可以给你回报。

其实，说起核桃树，我感觉是亲切而熟悉的。二十年前，在异乡那个县委大院里，长满了核桃树，高大的核桃树在我居住的平房前，春天冒出一片新绿，夏天撑起一片巨大的树荫，到了秋天那些成熟的核桃会一颗颗坠落在脚下的土地上，总会勾起我这样那样思念故土的情怀。那些核桃树，陪伴我度过了几年青春的岁月，对它们的记忆也像一幅幅小心收藏的画，虽然经风沐雨，却色彩依旧。只是那个时候我并不喜欢吃核桃，因为那些核桃皮厚难剥，而且核桃有种涩涩的味道。

直到有一天朋友送我一些绿岭产的薄皮核桃，才真正改变了我对核桃的印象。绿岭的核桃真的用手一捏就开，那饱饱的果仁，纯正的味道，总让人回味无穷。坐在绿岭的核桃树下，想着今天，想着未来，想着一些往事，思绪便开始有些散漫。

绿岭一开始就是绿的吗？答案是否定的，十年前这里还是荒岗野坡，因为这里的土地太贫瘠了，满山满坡的石头，使这里生长绿色的希望几乎为零。然而这个世界上，有敢于创业、勇于创业的人，最初的绿岭创业人就是靠着肩扛手挑挖泡填土搬石头，种下了这满山绿色的希望。我看见他们当年在这片土地上奋战的照片，不由得心生感动——十年奋斗，十年创下辉煌，十年后绿岭由荒山秃岭变成了如今如此肥沃的绿。这绿上盛开的是巨大的经济效益和社会效益，是造福当地、造福太行的美丽果实。

如今的绿岭公司已经成为集优质薄皮核桃的产、研、深加工和销售为一体的农业产业化企业，成为整个太行山乃至全国核桃产业发展的强大技术支撑。

还是秋风，吹去我散漫的思绪。两位抬了一大筐核桃的绿岭人从我的眼前走过，一瞥之间，我发现他们的脸上洋溢着我似曾相识的表情，那是一种和坐在打谷场上的农人一样的表情，目光中掩饰不住的是那份丰收的喜悦。

我看见了在核桃树丛中穿行觅食的鸡们，一只一只非常漂亮，公鸡仰着高傲的头，一步一步踱来踱去，仿佛一家之长。尤其是那只大芦花公鸡，毛是那样鲜亮。母鸡们则温顺得很，只是低头在树丛中的草地上觅食。树下种的是苜蓿，这些美丽而自由散养的鸡以苜蓿草和飞来飞去的虫子们为食，产下的鸡蛋吃起来口感纯正，味道极美，剥开的蛋黄红似天边晚霞中的落日。我相信自由奔跑的放养环境，一定是这些鸡最渴望的。

我听见了远处有鸟清脆的鸣叫声，我听到的是鸟儿发自内心快乐优美的欢歌。对于这大自然里生动活泼的精灵来说，绿岭必定也是它们自由飞翔的天堂。

已是午后，阳光照在每一棵核桃树上，每一片核桃树叶都闪着光芒。大片的阳光从碧蓝的天空飘落下来，树林中的我，静静地感受着阳光的温暖，时光也悄悄地流过我的心河。这样的时刻，我感觉到了心灵的悠闲和放松，感受到了鸡鸣鸟语声中洋溢着的幸福。

绿岭因为有这些动听的鸡鸣鸟语，而有活了的美感、动感。

渐渐入夜了，月亮爬上了绿岭的树梢。在轻薄如纱的月光里，绿岭不再喧闹，偶有一两声犬吠从远处传来。此刻的绿岭，已如处子般幽静，一阵清风吹过，轻吸一口，便有沁入肺腑的凉洗透灵魂。此刻，绿岭已在浓浓的夜色中安然入睡。

第三辑　远　行

　　在我的潜意识里，常常涌动着远行的渴望，在这些渴望一时难以实现的情境下，我喜欢在地图面前纵横驰骋、坐地神游。的确，远方的美丽与陌生，每次都能带给我诸多新鲜的感受，就像生命中滑过的片片流云、缕缕清风。

期待无限

大宁河的莹莹碧水，悄然沉醉于夕阳的一片温馨中，黄昏的临近，微蒙的雾霭，给美丽的大宁河涂上了一层浓重的神秘色彩。

风儿很轻，鸟儿低鸣，怅然回首，寂静中的双龙镇已逐渐融为身后朦胧的暗影，远了。千里万里踏上这条古老的峡谷深河，忘情地遁入那一幅幅浑然天成、雄奇秀丽的山水画卷。哦，大宁河小三峡，那浪漫的美、古朴的美、野性的美，一如道道闪电涤荡着我灵魂的叶片。

这是个阳光明媚的日子，阳光携了山水间缕缕温柔的馨香簇拥着我，令我心情倍儿好。

大宁河岸边的双龙镇真正地依山傍水，朋友说那里风光旖旎，风情别致，是个极富魅力的好去处。

舍舟登岸，沿双龙镇小码头的层层石阶缓步而上，不觉中走进了一幅绿的画卷，苍郁的古榕树舒展着绿意盎然的枝丫，仿佛欲将小码头整个地拥入自己温暖舒适的怀抱。从树下幽幽走过，风就会摇落点点滴滴的绿。

忽然间却见古榕树的左右蹦出一群孩子，各个手捧玻璃瓶，里边装着五颜六色的三峡石，随之响起一片带着童声稚气的叫卖声，此起彼伏，纷纷扬扬。

"三峡石，七彩的三峡石，又光滑又漂亮，买几颗吧！"一个小姑娘盯上了我，紧紧尾随，蹒跚的步履，歪歪斜斜中甚至跟我攀上了通往小镇的又高又陡的台阶，我没有太在意，大宁河的绮丽风光早已使我如痴如醉。

小姑娘失望地站在双龙镇街口另一棵盘根错节的大榕树下。我挥挥手，丢给小姑娘一个极轻松的微笑，便走向了小镇的深处。重回码头时，蓦然惊见小姑娘依旧滞立原处，斜阳映着她疲倦的面容，淡淡的微风拂动着她那一袭褪了颜色的红衣，她的神情好专注好执着。

大榕树下静立的小姑娘，一如一幅韵味悠长的画，融进了我的心之风景。

小姑娘的赤脚蜷缩在小小的草鞋里，美丽的大眼睛盈满了期待与渴望，定定地望着我，望得人心肠柔柔，好生感动。

我的心一下子被揪得很紧，有几分愧悔、几丝怆然涌来，一时间竟不知道该如何面对这个孩子……

我轻轻地拢一下孩子散乱的黑发，问她为什么不去读书却在这里叫卖。抬眼望时，小姑娘脸上已是珠泪滚滚。她没有正面回答我，而是又迅速将那些漂亮的小石头举到我面前，恳求道："您就买几颗吧。"

一个瞬间的感觉，阳光似乎暗淡了许多，心境也不再明媚。搜遍全身，所有能给她的全掏给她仍觉不够，折回游船上，面包、饮料、香肠一股脑儿丢给她，小姑娘受惊似的蓦地向我鞠了一躬，旋即跌跌撞撞地跑开了。

崎岖不平的山路上，那么多碎石、那么多荆棘、那么多杂草，一定硌疼了小姑娘稚嫩的脚丫……

不远处，小姑娘将她得到的所有东西捧给了一名妇女，那名妇女怀里的小男孩已在极香甜地狼吞虎咽着什么。而小姑娘则只是在一旁微笑，那是怎样一种充满爱意、满足而舒心的微笑啊！这微笑过早地出现在一个七八岁的女孩稚气十足的脸庞上，深深撼动了我脆弱的心，泪水不知不觉中模糊了我的视线。

恍惚中，未觉察小姑娘什么时候又回到了我的面前，不知所措地望着失却常态的我。她怯怯地从衣兜里掏出两个焐得温热的桃子，这么早的时节，哪儿来的桃子？

"山上采来的。"噢，是大宁河小三峡野生野长的土桃，攥着两个显然生涩的小桃子，我心想，这也许是小姑娘唯一的奢侈品了吧。

抱过来小姑娘单薄的身子，紧紧地，犹如抱着自己的孩子。是大宁河的青山绿水赋予小姑娘善良的品性，也赋予她一颗纯真的爱心。

又一批游客登上了码头，小姑娘不再热衷于叫卖，一步也不离开我的左右，情之依依中流露出她对外面世界的深情向往。

该起程了，脚下的路便显出了几分沉重，岸上的小姑娘痴痴地摇动着小小的手臂，连连问着："您还会再来吗？"噢，孩子你可知道，在你的人生之旅上，我不过是一匆匆过客而已……

只可惜我没有能力与勇气，将这个可爱的孩子带向外面的世界，带向宽敞明亮的课堂，我所能给予她的太少太少了。双龙镇上不知名的小姑娘，只能成为我记忆中的遗憾。

古老神奇的大宁河，你从远古走来，或许是沉重的岁月把你封闭得太久了，一切刚刚从混沌中苏醒。你纯朴善良的儿女们，终日劳作于高山峡谷之中，生息于奇花异草之畔，但他们的生活依旧不富裕，他们依旧需要省吃俭用维持生计。

期待大宁河这条巨龙腾飞的日子早日到来，期待孩子们的笑脸如七彩的三峡石般地灿烂，期待那纷扬的叫卖声换作琅琅书声响彻大宁河两岸。

一家村

　　沐着清爽的秋风，和着浓浓的秋色，信步在九棵古柏之下。坡地上的秋草很茂盛，天地间那一片超然的宁静，几乎透彻我的肌肤。抬头仰望，九棵古柏虽历经风霜，但依旧枝繁叶茂，树大根深。阳光细密而绵长地从遒劲的枝丫间，轻柔飘逸地洒落下来，斑驳在我的脸上，闪烁着掩映不住的经年古意。九棵古柏生得错落有致，苍凉葱郁，仿佛九位历史老人站在岁月的潮头，耸壑昂霄，宠辱不惊。偏在此刻有劲风吹过，摇落我星星点点的寻古幽梦。

　　我便打整脚步，走过回生桥，去登鹊山。一路向西，穿过泥土的芳香，穿过原野的沉静，鹊山已渐渐清晰地呈现在我的视野之中。

　　鹊山下有高高的柿子树，叶子几乎已经落光，仍有一些灯笼般的红柿子昂扬在枝头。树下有忙碌的农人整理着晾晒在木架上的柿子，如同在欣赏刚从母体分离出来的孩子。我远远地望着他们，看他们开心地挥洒自己的机智与幽默，不由得心生羡慕：就这样无拘无束地谈天说地，不藏心机地开怀大笑，这是一种多么令人向往的田园生活。忙碌而踏实的生活，让心灵与心灵自然地相通。顷刻间我仿佛重温了一种久违的情绪，那就是内心的饱满和油然而生的感动。沿着田埂缓行，一条弯弯曲曲的山路，从鹊山之上为我们披挂下来，我们就沿着它，一步一步向上攀登。起初是些并不起眼的坡，较为平缓，然而，我们这些平日里蜗居城市、手不挑肩不扛的人，不一会儿便各个气喘吁吁。尽管前边更高的山路上，有勇敢的同伴在不停地为我们鼓劲，还是摆一摆手，要停下来歇一歇，一路走一路望，选一块光滑的石头坐下来，细细打量鹊山的面貌。脚边的草丛里，远处的山坡上，盛开着野菊花，金黄金黄的，一簇簇、一丛丛，与天空中南飞的雁群相映生辉，共同渲染着秋天的景色，呈现着秋天的野性与蓬勃，闪烁着金子般的光芒。

就这样独自端坐在鹊山彩色的怀抱中，静静地注视着山野清风中大自然馈赠的一切，此刻的时光如软软的流水，在我灵魂的感触中轻轻滑过，我感到身心无比自由畅快，心如止水魂似明镜。我知道，这是大自然给我的洗礼与恩赐，我是这样渴望光明与恬静的境界。鹊山的每一缕清风，每一棵树，都像可敬可尊的隐士、质朴深沉的智者，它的宁静可以致远，它的淡泊可以明智……

　　收住飘飞的心绪，继续攀登，那缥缈在半山腰的苍山玉带已渐渐清晰，在阳光的辉映下愈发无瑕。就在太子岩辉煌的岩壁之上，苍劲潇洒的摩崖石刻"我欲振衣""雷乔谈禅处"惊艳了我的视线，多么适宜美妙的所在。更为奇特的是，石刻之上更高更陡的峭壁上被秋风染得鲜红的枫叶，居然是那样绝美壮烈，直直地生长在崖边，用它们耀眼的亮色，点缀着太子岩的秀色，在沉默中展示生命的坚韧与辉煌，感染着每一个走近它的探访者。

　　飘飘摇摇的山路，执着地伸向远方，仿佛执意要磨炼一下这些登山人的意志。在一步步的攀登中，我真的感到了疲惫，不得不时时追问主人："那一家村，那莲花峰到底还有多远？……"

　　远远地，终于看见了掩映在密林间的一家村。那矮矮的篱笆墙内已有先行的同伴，打破了一家老少的宁静，院子里的石凳木墩上，坐满了疲惫不堪的鹊山朝拜者。女主人忙着烧火做饭，招呼客人。一筐刚刚从地里摘下来的嫩玉米，被剥得光溜溜地放在大锅里蒸煮，灶膛里的火苗欢快而旺盛，一股浓香，一缕温情，就洋溢在又饥又渴的心上。

　　环顾这简朴的农家小院，一种久违的亲切感油然而生。推上几圈古老碾子，虽然觉得沉重些，却不失亲切。那牛栏里的小花牛犊是那么娇小，偎在母牛的怀里是那么幸福与开心。

　　木制的玉米楼子里，整齐地垛着金灿灿的玉米，一家人的收成、一家人的希望，就那样实实在在地堆在院子的中央。

玉米楼前有人为这一家村的母子三人拍照，母子三人端坐在一条板凳上，脸上满是微笑……

坐下来找一根木棍插上一个嫩玉米放在灶膛火上烤，细细地烤，精心地煨。不知过了多少时光，我从陶醉中收起心情，搬一个木墩，坐在一旁开始慢慢品味，玉米外焦里嫩美味滋生……接下来是一锅热气腾腾的南瓜豆角汤。南瓜是甜的，豆角是面的，咸淡适宜，开胃解馋。那只黄黄的小狗这时也极为兴奋，在人群里蹭过来蹭过去，亲近而友好的态度与山野清风中质朴人家的亲切极为和谐。过了一会儿，我蓦然发现，这只狗不知什么时候已逍遥地站在房顶之上望着我们。狗能上梯子吗？带着这个疑问，我寻寻觅觅之中走到房的后边，原来这依山势而建的房子，其阶梯是自然的。我沿着石头砌就的阶梯走上去，房顶上有黄豆、绿豆、红辣椒，满满地晒了一片。

房子的右边就是褐色的岩壁，刀削斧砍似的。岩壁上横着生长着许许多多的树，那根深深地扎在岩石的缝里，执着而顽强。这些倒立的树横植的根，多么像生活在这里的一家人。

他们的家建在这荒无人烟的鹊山深处，年年岁岁花开花落，他们是这鹊山的守护神。一瓢清泉和着红薯、玉米，烹饪出清淡可口的佳肴。抛却平日里那些生活的寂寞与清苦，一家村人以一种执着的精神，咀嚼着昨日艰辛的记忆，咀嚼着阴晴圆缺的日子。

我看见悬挂在廊檐下的锄头，几乎成了闪亮的银色，可以想象，这锄在春风的曼柔里如何扬落，种植了山的翠绿，种植了饱满的希望；在秋阳的成熟里如何挥舞，收获了山的凝重与金色的欣喜，也收获了生生不息的传世精神。

告别一家村，去登莲花峰。此时此刻，一路攀缘而来的我，真有些体力不支，然而走到了莲花峰的脚下，遥望莲花峰缥缈的云朵、葱茏的秀色，又如何忍心弃它而去呢？

一股浩然之气油然而生，就顺着陡峭的天梯般的山路一鼓作气向上爬，不久之后我已潇洒地打坐在莲花峰顶。回首远望，高远的秋天晶莹得像蓝宝石，远村近树静卧在鹊山之下。在金秋十月，阳光一瓣一瓣地缤纷，山中大片的枫叶在阳光下寂静而羞涩，远山红肥绿瘦，近坡青草泛黄，五彩的世界五花的山脉，有着摄人魂魄的美。没有喧嚣浮躁，阳光散落的暖意让我灵魂的疼痛倏然消失。山风劲吹，翼动我宽大的秋衫，这一刻，坐在莲花峰顶上的我只有一个强烈的渴望：飞翔。然而，我们不具备一双会飞的翅膀，所拥有的，只是能飞翔的灵魂。我听见我的灵魂在天地间自由翱翔的声音，我想把这近乎天籁的声音，连同幽静的山谷间鸟儿的鸣唱，刻在心里，带进今后的岁月。感谢秋天，感谢鹊山，感谢一家村，给了我如此美丽的心灵家园，给了我如此丰富的精神给养。

在塬上

　　黄土高原上荡起的阵阵大风，将我卷向那个梦寐以求的世界。到达那座小镇的时候，已是黄昏时分，我们下了车，与车上的人挥手告别，转身去寻找我们今晚的归宿。小镇有些冷清，几乎难找一家真正的旅店，几个来回过后，已是暮色深沉。最终在小镇上的乡政府院里，一盏微弱的灯火，很简单却很别致地迎接了满身黄土、风尘仆仆的我们。

　　望见突兀而至、千里采风而来的我们，年轻的乡长很有几分激动与兴奋。他搓着双手，一时不知该先为我们张罗什么。夜色中的乡政府有几分清寂。

　　第二天，乡长陪我们走在小镇的街上，有众多乡亲争相跟他打招呼，从那亲切的眼神中，我感觉乡亲们很爱他们的年轻乡长。

　　小镇很小，从南到北一条街，走到小街尽头的时候，我蓦然发现走丢了我的同伴纪，年轻的乡长说小镇很小丢不了的。临近中午时分，小镇的集市热闹起来，忽而我瞥见纪的身影在对面的小店铺里一闪。定睛看看，他在那里与一年轻媳妇聊着什么，小媳妇的神态很专注，痴痴地望着他听他神侃。我隐隐感到那站在一旁的男人，有意无意中朝着他们侧目……

　　我暗笑，这个纪可真有他的。转念一想，我能顺利到这个小镇，不也是幸亏有他吗？想想从太原出发的车上，人家一人一座，一个萝卜一个坑，我们挤上，车真有一种撑胀的感觉，车上诸位脸上有几分不高兴。这时的纪瞅准了大展才华的机会，他说会看手相，一看一个准，渐渐车上各怀心事的人尤其是女人们争着往前凑，车上的气氛活跃起来，尽管仍然拥挤，毕竟人家已在心理上接纳了我们，我尴尬不安的心方才稍稍平静一些。

　　年轻的乡长很真诚厚道，我将我们编辑出版的杂志送他，他很珍视。我当时曾许下诺言，今后每期杂志都给他寄一份，并极认真地记下了他的详细地址。回来之后真的寄了几期给他，久而久之对他许下的诺言便淹没在嘈杂与忙乱之中，但我的心底，对他真的不曾淡忘，而且永远也不会。

　　年轻的乡长陪我们去榆树坪，那是一个紧靠黄河岸的小山村。走在黄土裸露的沟沟梁梁上，细细的黄土亲吻着我的鞋子，腾起一阵阵尘雾。远处村庄的上空飘浮着一团薄纱似的雾，透过那层淡淡的灰蓝色的烟雾，山坡间零零散散的窑洞与瓦房已在我的视野中，这就是榆树坪了。

翻上山顶，年轻的乡长顺手一指：那就是黄河了。当我第一眼望见黄河的时候，心里就似一口沉钟被撞响了。黄河母亲是那样宽阔、浑黄而沉静，我的心底生出几分敬爱与庄重——这就是孕育了中华民族几千年文明的血脉……

当我们一行人出现在榆树坪的时候，立刻引起了轰动。这个偏僻的小山村，真是十年八年不曾有一个外地人涉足，街头前呼后拥的乡亲，抛给我们的那一个个惊奇羡慕的眼神啊，我一辈子都忘不掉！这真诚纯净的目光，在物欲横流、焦灼嘈杂的城市里，我一辈子也找不到！那一时那一刻，我有些动情，只觉得潮水一般的热情在心底无声地涌动。

在年轻乡长的引领下，我们走进一间窑洞，窑洞里的光线有些暗，炕上的大娘带着几分惊异和欣喜慌忙起身下炕张罗着烧水和面。白面条吃上去有股涩涩的味道，有些难以下咽。

这种无油无菜又咸涩的面条，算得上这一带的好饭食吗？年轻的乡长默默点头，说："我就是在这个小山村里靠吃一家一口饭长大的，我是个孤儿。"此时此刻我才真正领悟了这个年轻的乡长大学毕业后坚持回乡的真正含义，读懂了他书生气背后的坚毅与胸怀。

大娘给我们做饭时其实很用心，她的老伴是个精瘦的老汉，此刻吃得津津有味。他习惯蹲在街口的黄土疙瘩上吃，由此纪那幅获奖摄影作品《甘之如饴》问世——永远定格在照片中的老汉，裸露着褐色的胸膛，双手捧着一个大得出奇的粗瓷碗，那碗几乎遮住了他的大半个脸，额头上那道道皱褶，就像黄河源头的细流一样充满自信。那神情与姿态不曾有一丝一毫苦与涩的味道。俯仰天地间，他在那里忘情地甘之如饴。是黄河黄土哺育了这样一代又一代忍辱负重、朴实厚道的乡亲。

这里贫穷而闭塞，然而贫穷、闭塞并没有使这块土地上生生不息的生命沮丧，一代又一代不屈的灵魂，在孜孜不倦地追求之中。这块原始而纯真的土地上纯朴的乡亲，给我们提供了极好的创作基础，一幅幅创意新颖、情感朴实的摄影作品，在一个个自然的抓拍中应运而生。我们的心境好极了，兴奋之中的纪，忽而自语道："明天，镇上那个小媳妇或许也会走进我们的镜头，她的娘家是榆树坪……"

榆树坪的小学校就在黄河的岸边，黄河母亲为这所山村小学让出了大片的河滩，这大片的河滩就成了小学校的操场。学校的那位身兼数班的老先生，戴着一副破旧的眼镜，明显营养不良的灰黄色的脸和手，似乎早已被黄土和数不尽的粉笔灰浸透了。老先生是外地人，然而他在这山村小学一待就是几十年，他的一切早已成了这一方水土的一部分。

河滩上的那一大片枣树林子，在初春阳光的映照下，泛着嫩黄的绿意，给这个土地带来了勃勃生机与希望。岁月的年轮已在这些枣树粗壮的枝干上刻下斑斑驳驳的痕迹，它们很老了，但乡亲们说它们每年仍能结很多的大红枣。这又香又甜的大红枣，当年一定是为八路军作过贡献的。

凝望枣林的那一刻，那个熟悉的身影又一次进入我的视野，我的心里一激灵，这不是在小镇上与纪聊天的那个小媳妇吗？

看得出，那小媳妇是刻意打扮了的，两条黑油油的大辫子梳得光溜溜的，红底碎花小布衫儿裹着丰满的腰身，脸儿红扑扑的。斜倚在泛着嫩黄的枣树间，芳香纷飞的枣花飘落在她乌黑的发际间。这枣林间或许依稀有她做姑娘时的种种梦幻与向往……她闪闪烁烁的目光不停地朝着这边张望。纪一下子有些心神不定了，仿佛那一双灼热的眸子在一瞬间便会将他熔化。

她在望什么呢？或许是纪这个山外飞来的摄影家，优雅的谈吐、堂堂的仪表，带给她一个全新的世界，山外世界的一切都那么紧紧地吸引着她魅惑着她，撩动着她盈盈的情怀，拨动着她不倦的情绪，这是一种至真至纯的向往与渴望。然而被她如此深情渴望的那个世界，是否如她想象的那样至真至纯呢？

年轻的小媳妇背靠黄河，斜倚在枣林间的那份深情、那份美丽，是真情挚感凝成的又一幅永不褪色的照片。

遇见淮阴

　　第一次走进淮阴，是十年前，那是一个阳光灿烂的上午，我接到了吴光辉先生的电话，说淮阴区委、区政府将与中国散文学会、江苏省作家协会共同主办"漂母杯"母爱主题散文大赛，希望我积极参与并给予支持。

　　那个时候，我的情绪正处在一个非常糟糕的阶段，因为就在2008年的冬天，我失去了亲爱的母亲。母亲弥留之际，我紧紧地握着她的手，一点一点地感受到，母亲的手在渐渐失去温度，直至变得冰凉，从此与我们阴阳两隔，永无见面之日。那种刻骨铭心的痛，无时无刻不在折磨着我的心。之后，我写下了散文《无雪的寒冬》，追忆怀念我的母亲，那是和着泪水写成的文字。

　　作品写成发表之后，感动了很多读者，在当地的报纸副刊发表之后，当时的市委书记通过市委宣传部部长，询问《无雪的寒冬》作者是谁，感叹道：我们邢台还有散文写得这么好的人。

后来在一次会议上，这位爱文化爱文学的市委书记见到我，还满含深情地对我说道："苗莉，你写母亲的那篇作品，写得真好，看得我呀……"后面的感慨之语，书记虽未说出口，我却心已明了。

第二届"漂母杯"母爱主题散文大赛的征文活动开始时，我把这篇充满哀伤和深情的散文，发给评委会办公室。过了几个月，我收到通知，《无雪的寒冬》在全国几千封参赛稿件中脱颖而出，获得了第二届"漂母杯"母爱主题散文大赛的二等奖。我有机会到淮阴，参加第二届"漂母杯"母爱主题散文大赛的颁奖典礼。

当我从颁奖嘉宾手里接过获奖证书的时候，我的眼睛满含泪水，内心充满了感动。我想散文的写作，尤其是写亲情的作品，离不开真情实感的支撑。从此，我一直非常关注"漂母杯"母爱主题散文大赛的活动，每年从获奖作品中选发一些优秀作品，这些令人感怀的作品既为《散文百家》杂志增了色，也扩大了"漂母杯"母爱主题散文大赛在全国散文界的影响力。

颁奖典礼隆重而热烈，就设在漂母祠的门前，记得当时来了许多周围的村民，他们是自发地赶到这里，来参加颁奖典礼活动的。颁奖典礼结束后，我们走进漂母祠，我的内心充满了敬重，充满了感慨。遥想岁月深处的淮阴侯韩信，少时贫穷，在淮阴城下钓鱼为生，常常没有饭吃，漂母在河边漂洗丝绵，看见韩信天天饿着肚子，就拿出自己的饭给韩信吃，一连几十天都是如此。韩信感激漂母善举，说："我将来一定重重报答您老人家。"没想到漂母却生气地说："大丈夫不能养活自己，我是可怜你这位公子才给你饭吃，难道是希望你报答吗？"

我在漂母的塑像前久久地伫立，漂母，那充满慈爱的眼神、亲切的形象，让我又一次想起我的母亲。

这个时候，一同来参加颁奖典礼的阿慧看着我久久地伫立，悄悄地来到我的身边，把一朵盛开的蒲公英递给我。我忽然觉得这朵蒲公英，仿佛就代表着真情和善意、亲情和仁爱。我把这朵蒲公英放在唇边，用力地吹了一下，蒲公英的种子瞬间四处飘散。淮阴的"漂母杯"母爱主题散文大赛就像蒲公英的种子一样，可以让亲情母爱之美四处飞扬。这一幕被我和阿慧铭记，多年以后，每每谈起在漂母祠的这个美好时刻，都会深深怀念。

十年前第一次来淮阴的时候，我们还年轻。

那个时候，尚没有高铁，在火车上度过一两天的事情是常有的。我从家里出发时，天上正飘着细雨，一路赶到石家庄北站，坐上了去淮阴的火车。第二天黎明时分，我从卧铺上爬起来，走到车窗前，看见了东方的日出，一层又一层的光晕在我的眼里呈现着七彩的颜色，万道霞光远远地照过来。

麦田很绿，平平展展的，像天然铺就的绿毯，毛茸茸的，让人想去触摸。路边高高的杨树，枝叶茂盛。我第一次看见了淮河，河水在朝霞的映照下，波光潋潋，闪着金光。我想，淮阴这片土地上这一切繁茂的景象，一定得益于淮河、大运河的润泽。

我一下子就爱上了淮阴，更让人深爱的是淮阴有漂母。千百年来，漂母的真心真善、有始有终，流芳青史，在历史人物画卷中占有一席之地。在她的故乡淮阴，人们世代精心保护着与漂母有关的历史文化遗迹，为她建庙立祠，享祭不绝，春晖雨露，千秋不易。

艳阳高照的这个秋天，当我再一次走进漂母祠的时候，不知不觉中被一种香气深深吸引，似乎有位满含芳香的姑娘牵住了我的衣袖，闻香识人，闻香识心，循着香气飘来的方向，我又看见了桂花。八月的桂花开得正灿烂，我走近一棵桂花树，用手机拍下桂花的风姿，贴近用心去嗅它的醇香。这些生长在漂母祠里的桂花，年年岁岁、岁岁年年守护着漂母，仿佛漂母仁爱精神飘出的芳香。

我抬头仰望高天，大朵大朵的白云正游移在漂母祠的上空，像纤尘不染的棉絮轻柔纯洁，它们变换着各种各样的姿态，俯视着我们，仿佛也是在对漂母传递着它们的敬意。

这一刻，我忽然想起年少的时候，正是缺吃少穿的岁月，常常有一位邻居家的老婆婆，非常瘦弱，脸色特别苍白，隔三岔五就会到我家的院子里来，来了就会对我母亲说："桂荣，俺还没有吃饭哩。"母亲听了就急忙到屋子里帮老人弄些吃的，拿来椅子让老人坐下，念叨着"慢慢吃，别噎着"。

那个时候小，少年不识愁滋味，就问母亲她为什么总来我家吃饭，母亲就会轻轻叹上一口气说："她家没有粮食，怎么做饭？"

我看见坐在我家院子里的老婆婆，已是风烛残年，一头白发在风中有些凌乱，她端着我家的粗瓷碗，一口一口那么用心地喝着碗里的粥。那一碗小米粥在老人眼中好像异常珍贵，在阳光的照耀下泛着金色的光。想起这一幕总会让我的眼眶一热，就像一幅画烙在了我的记忆深处。

几天前我在单位值班，夕阳西下的时候，我去清风楼步行街吃晚餐，一路走一路逛，选了一家重庆美食小店，要了一碗重庆小面。不料这家店的重庆小面，吃着并不可口，草草吃了几口，我就迅速离开了。

路过形形色色的街边小吃摊，卖煎饼的、卖肉夹馍的，这些东西我很少去买，觉得也不会好吃，而就在我走过其中一个小摊的时候，一个似曾相识的目光吸引了我。那是一个有些残疾的老人，她站在卖肉夹馍的摊子前，眼睛死死地盯着人家案板上的肉夹馍，那渴望的目光，一瞬间把当年邻居家老婆婆的画面勾起来。我的脚步本来已经走过了那个摊子，顿了顿我又折回来，在包里摸索了半天，才摸到十元钱，递给她，让她去买个烧饼吃。老人接过钱，竟有些茫然，嘴动了动，好像要想对我说点什么。我摆摆手，迅速走开了。

今天，物质极大丰富，丰衣足食已经成为人们生活的常态。这样对食物极度渴望的目光，已经极为少见了。母亲和我虽不及漂母一样伟大，但也有悲天悯人的情怀，我想这就是中国传统妇女仁爱善良精神的传承吧。

历史深处的淮阴，不仅走出了漂母，也走出了枚乘这样的文学大家。当代的文学名家有多少人因为漂母，因为"漂母杯"母爱主题散文大赛，来到淮阴这片土地，他们带着文学的光芒，为淮阴增辉。此时此刻我的内心充满了宁静，与花草相依，在漂母力量的昭示下，我静静地享受着这份时光的纯粹。

信步游走在码头镇的运河岸边，水流不算急，但看上去很深，岸边生长着许多芦苇。那种梦回故乡的亲切，让我内心就像大运河一样，暗流涌动。

记忆中我的故乡也是生长芦苇的，那个时候，华北平原不像今天这样缺水，城市和村庄的周围密布着河流和水塘。有了适合生长的环境，芦苇也肆意地生长着，那混合着杂草的芦苇荡，是我们心意荡漾的地方，关于未来，关于青春，关于成长中各种各样的困惑，也会在芦苇荡里自由翱翔，那是我文学梦开始的地方。摇摇晃晃的芦苇，它那修长的身姿在风中就像是在翩翩起舞，白白的、毛茸茸的穗子，那么纯洁。站在长满芦苇的河边，看日出映朝霞，那是我心中最初的诗和远方。

遇见淮阴，遇见漂母，是一种美好。真的期望，就这样停下脚步，坐在运河边上，听鸟儿婉转地鸣唱，喝一杯清茶，捧一本喜欢的书，与漂母对话，与文字私语……

迭部漫记

那一年，我们去地处甘南的迭部县，第一站就是兰州。兰州地处西北高原，在我的印象中是如此遥远，想到大西北自然会是干旱少雨、黄沙漫漫。但是到了兰州之后才知道，这座因山势地形所限，看上去有些狭长的城市，因为蜿蜒流过的黄河而变得柔情款款。一座有水滋润的城市是美丽的。兰州的黄河沿岸，保持着一种非常纯粹的状态，岸边生长着茂密的芦苇，在晚风的吹拂之下，这一片片葱绿居然是如此婀娜多姿。沿着岸边的小路信步，心也随着这份婀娜飞舞，我看见芦苇丛中不断惊现一群群的野鸭，那浮游在水面的小小野鸭，紧紧地依偎、嬉戏在母亲的身边，是那样可爱。

奔流不息的汤汤黄河水，见证着这座城市古往今来的多少喜悦与悲情、沧桑与变迁。站在兰州的黄河大桥上，扶栏专注于桥下滚滚而过的黄河水，水的动感让我感觉就像站在一艘水中行进的轮船上。

从兰州到迭部一路风光秀丽，走过甘南的首府合作市，穿越若尔盖大草原，这些昔日对我来说非常神秘而魅惑的地方，就这样近距离地一一呈现在我的面前。从人口稠密嘈杂的城市，一下子跌入这山谷旷野，心情自然是辽远而宁静的。更令我好奇的是，我们的车无论走到哪里，路边的藏族同胞都会微笑着向你注目，而那些脸蛋红红的天真的孩子，会自动地给你行礼甚至鞠躬，或许在这地广人稀的地方生活久了，能见到这么多外地来的人，也是一件让人兴奋的事。

一路穿越美丽的大草原，远处青郁的草地上，有星星点点散落在山坡吃草的牛羊，那黑的必定是牛，白的必定是羊，几乎看不清它们在动，但它们一定是在缓慢的移动中寻找着更为丰美的草地。

山坡上阳光那样明媚，有羊群的地方就不缺少孩子。或许这里刚刚下过雨，彩虹出来了，那些刚刚一哄而散的孩子，似乎瞬间在林子中聚集在一起，轰赶着因下雨而有些散乱的羊群，然后看湛蓝的天空中的云朵慢慢飘移，看羊群中的两只羊在湿润的空气中犄角相向，孩子们并不会刻意将抵在一起的羊拽开，就那样散淡地看着它们在山坡上僵持着……

在山坡上放羊的小女孩，正伏着身子专注于一朵花、一棵草，偶一抬头看见了山下蜿蜒而来的大巴车。我在车窗内冲她招了招手，这个身穿藏族服饰的小姑娘，居然即刻挥动手臂，热烈地回应着我，这个瞬间留给她的将是长长的激动和关于外面世界的梦想……

不知道为什么，有一些零星的烟花不时腾空而起，像一个个瞬间打开又消失的美梦。有一些凉凉的风吹过来，夹杂着一些黄河的气息。一座依山而建的寺庙上空，低低地飞翔着无数的燕子，来来回回盘旋，并不走远。这座有寺庙建筑的山上，植被异常茂盛，给人以神秘和悠远之感。

天空中飘起了细细的雨丝，迭部的青山绿水更是显露出朦胧的美。在这蒙蒙细雨中，竟伫立着迭部县委书记、县长一行人，他们在这里迎候着我们。一杯香甜的青稞酒，一条洁白的哈达，其浓情厚谊浸润着我们每个人的心田，我感受到的是迭部纯净的山、纯净的水、纯净的情。

迭部县城不大，看上去美丽而宁静。看见有长长的车队进来，好像发生了好大的事情，那么多人在驻足观望，那场面温暖而亲切，让人心生感怀。虽然地处偏远，但这是一座朴素而又充满现代气息的县城，长长的街道，干净而热闹，走在街上的人们闲适安逸。

我看见菜市场上买菜的人们专注而满足的表情。一方水土养一方人，从山上刚刚采下的蕨菜，一把把整整齐齐地摆放着，看上去那么鲜嫩。新鲜的蘑菇、肥肥的羊肉、橘红色的南瓜真是诱人。

第二天一大早，我们去扎尕娜，县委书记、县长陪我们一路同行，足以彰显治理者开发迭部丰富的旅游资源，打造迭部的美丽形象，为一方发展精心谋划的诚挚之心。

夏天的扎尕娜是如此美丽，石门、雪山、森林、草地，至刚至柔，至险至秀，景色是那样层次分明，给我的视觉和心理上以巨大的冲击和震撼。

这样美丽的季节，青草正青，黄花正黄，在一朵纯净的浪花里远眺，有一只苍鹰正在展翅，无言中提升着生命的高度，迎着那纯净的碧蓝，优美地飞翔。

山坡上古朴自然的藏族村落，秀美的藏式的榻板木屋，层层叠叠。经幡在迎风飘扬，远远望去给人一种神秘的遐想。

位于达拉乡高吉村的俄界会议旧址，是座典型的藏族木制小楼，上下两层看上去古朴典雅。楼上的毛主席像前献满了洁白的哈达，表达着各族人民对毛主席的敬仰之情。在俄界会议旧址的门前，我请摄影师帮忙，跟一位藏族的大妈合了一张影，她听不太懂我的话，就只有对着我笑，笑容很灿烂。大妈说这木楼是她的祖业，现在仍由她家看管照料，村上给一些补贴。她说能和毛主席他老人家沾上边，她心里美得很呢。

俄界会议旧址对岸是白龙江的源头达拉河，水流很急，透着碧绿，微微泛着白色的浪花。河岸上站着两棵硕大的古杨树，看上去伟岸挺拔，当地人对我说毛主席当年就是在这两棵树下，组织红军战士列队出发北上的，这两棵傲立于世的古杨树，曾经可是目睹过毛主席的风采。而不远处，几株不知名的花树正在怒放，香气隔岸飘来，一时间竟心生几分迷离，仿佛置身世外桃源。

远处有穿着盛装的藏族同胞，明媚的阳光让她们的衣服呈现着五颜六色的光环，我走过去坐在她们的中间，我的心情也像她们一样轻松和坦然。这一刻，一些绚丽的想象如同历史深处最华美的锦缎，布陈于我的脑海，而像腊子口、俄界会议旧址这些朴实无华的红色印记，也抵抗住了时间的衍变，保持了足够的魅力和光辉。

远方的武隆

从舟山群岛一路辗转，到达武隆的时候，夜幕已经降临。短短大半天时间，就实现了从大海到群山的跨越，海的辽阔、山的雄浑，山海之间各具特色的画面，不断地冲击着我的视野，丰富着我的内心。

入住酒店，房间如此干净敞亮，更令我开心的是，这个房间里居然还有一个门，打开这个门，就可以走向一个露天的观景台，台子上摆着两把藤椅、一个小玻璃桌，桌子的上方还撑着一把大遮阳伞，真是一个诗情画意的所在。

夜色渐深，坐在观景台舒适的藤椅上，仰望天空繁星闪烁，一瞬间，尘埃远去心静如水，好久没有这样安静的感觉了。有清爽的风和淡淡的香从远远近近的地方飘过来，一定是桂花的清香，在黑夜，那诱人的香气若隐若现。

这一刻，四周一片静寂，我感觉自己的灵魂正在天地间自由飞翔。

犀牛寨，这座古老的寨子被郁郁葱葱的树木所围绕，那一眼望不到边的翠绿，满含负氧离子的清新的空气，对来自北方、深陷雾霾旋涡的我是多么珍贵。

犀牛寨，就仿佛是镶嵌在大山深处的世外桃源，气候温和，是风景如画的人间净土。刚走进犀牛寨的寨门，就听见鼓乐齐鸣，身着土家族服装的少女手捧苞谷酒，载歌载舞迎接远方的客人，满心的暖意油然而生。

今天的犀牛寨，仅有四十多户人家居住，民风非常淳朴。清一色的吊脚楼依山而建，静卧谷中，木楼青瓦、飞檐翘角、斗拱雕花的传统民居，与山水地貌完美融合，保存了古村落特有的原生态风貌。风景宜人，充满人间烟火的味道，一脚踏入，恍如梦回童年，梦归老家。

寨子中心的那座吊脚楼，廊檐下坐着那么多人，好像整个寨子的人都聚集在这里，无论是包着头帕的老人，还是生龙活虎、嬉笑追逐的年轻人，脸上都洋溢着轻松和微笑，他们围拢在一起说着笑着，让我想起那些已经远去的乡村大槐树下的场景。他们好奇地看着我们，却没有陌生的感觉。

有乡亲正在院子里打糍粑，一只小黄狗摇着尾巴跑来跑去凑热闹。锤起锤落之间，香香的糯米逐渐融合。看上去轻松的活，但我试了几下很费力，锤子打下去的时候极易被糯米黏住。已经有做好的糍粑被端上来，还有花生、白糖、芝麻、黄豆粉做蘸料，沾着吃，香甜而软糯，味道极好。

再往寨子深处走，一户人家的吊脚楼前搭着戏台，吹拉弹唱中热闹地为老人做九十岁大寿。院子的两口大铁锅下，柴火已经烧起，案子上白菜、豆腐、萝卜都已经切好，锅里正煮着肉。肉的醇香，不断地诱惑着我的嗅觉，我想那猪一定是家养的，不吃催肥剂不喂瘦肉精的，肉才会有这样香。想着想着，竟起了些馋意，这样的感觉，小时候有过，如今已极为陌生。

寨子的超市里，除了些当地的土特产外，商品基本与山外的相似。门前的箩筐里放着一些猕猴桃，个头比较小，主人说是山上野生的，非常甜，味道纯。

停下来和坐在板凳上的年轻媳妇聊天，问她是不是当地人，她摇头说："不是，我是河南驻马店人，外出打工的时候结识了现在的老公，就在这里结婚生子、安家落户了。"我说："你住得惯吗？"她说："挺好的，山清水秀，环境怡人，最重要的是空气好，食物吃着放心，身体就好。"

说话间，一个年轻的男子从菜地的边上摘了一只大南瓜，走过来冲她笑，说："看这只南瓜长得多么漂亮。"年轻媳妇即刻露出洁白的牙齿，回应了一个开心的笑。在这块充满魅力的山水之间，琴瑟和谐中，他们是当今世外桃源生活的实践者。

告别年轻媳妇所在的超市，继续在寨子中行走，蜿蜒的山路边，泉水一直潺潺地流淌着，泉水旁边有许多菜地，鲜亮的辣椒，有红的有绿的，红绿相间。更有成片的甘蓝，就像硕大的绿色花苞一样，肆意开放在山间。

　　中午饭就在犀牛寨的农家乐吃，远远地就嗅到了香味，也许是饿了，中午的饭菜吃起来格外香，那么多地方特色的美食：蕨粑老腊肉、山珍炖粉条、石磨豆花、土家烤鱼，原生食材，天然绿色，那味道是至纯至美。

　　巧的是，我们中午吃饭的农家乐，和为老人做寿宴的院子相邻，正好走上去看看。儿子儿媳为老人做寿请来的戏班，正在台上起劲地表演，台下一片欢呼叫好声。老寿星穿了一件红色绸缎褂子，坐在寿宴的正座上，开心地笑着，脸上的皱纹像一朵盛开的菊花，母慈子孝，一看就是幸福指数极高的人家。

　　远处，寨子前犀牛池里的水，就像翡翠一样吸引了我的视线，这是青山怀抱中的秀水，水至清草至美，还有格桑花点缀湖边。一朵格桑花迎着风绽放，那是在享受着孤独的美丽。而那一团一簇开放的格桑花，则像其乐融融的大家族聚会。

　　流连忘返在湖边，和这些美丽的格桑花一样，享受着山的宁静水的柔美。时光就在这样的静美中流逝，告别犀牛寨时，心中有些不舍。

　　下午去天坑寨子，它地处武隆喀斯特世界自然遗产核心地带。中石院天坑是目前世界上口部面积最大的圆形天坑，与武隆天生三桥、印象武隆遥遥相望。绝美的自然风光，众多的国家级非物质文化遗产，雄奇、险秀、幽绝、浑然天成，不得不惊叹大自然的造化之力，令人仿佛穿越千年云蒸霞蔚，走进如梦如幻中的山水自然画卷。

在这幅巨大的山水画卷中，我神清气爽，脚步轻盈。武隆山水的大美是从骨子里流淌出来的，是美得可以惊到灵魂的那种。坐在山间土家族建筑风格的吊脚楼里，迎着山间的清风，捧一杯嫩嫩的绿茶，看茶的叶片渐渐在杯中飞舞舒展。呷一口，清香中蕴含着一丝丝苦涩，滋润着肺腑，就像品味五味杂陈的人生。

忽然，远处传来了美妙的音乐声，是那位活跃在武隆山水中的民间音乐达人，他把任何一种物品放在唇边都能吹奏出动听的音乐，那不加修饰的原生态的音乐仿佛天籁，可以穿透心灵。

在远方风景的陶醉中，在天籁般音乐的洗礼下，那么多看得清看不清的困惑，放得下放不下的伤痛，已渐渐从心底遁去。剩下的，只有心灵的纯净与安宁。这或许就是我所期待的诗和远方，多么希望时光就停留在此时此刻，不再向前流淌。

最美的遇见

飞机起飞的时候，已近中午，初秋的中原大地笼罩在一片迷蒙之中，让人有些辨不清方向。期待中的秋高气爽还没有来到。

秋天是我最喜欢的季节，不想去关注秋的寂寥和伤感，只喜欢它的澄明高远，万物丰收。就像人生历练到秋，各种收获，百般滋味，自在心头。

一路飞向西南，不知不觉中，飞机已经穿越云层之上，我看到悬在蓝天之巅的白云，大朵大朵的像棉一样白，像丝一样柔。它们不断地变化着模样，呈现着各种各样的姿态，仿佛是在幻化着的天上的仙境。

到达武隆白马山的时候，夜幕已经降临。在万木葱茏的白马山，我看到了诸多老朋友的身影，心头一热，一路辗转的疲倦顿时离去。

林海中的白马山是如此清静，月亮的清辉深情款款地洒在白马山的万物之上。在这个静静的夜晚，远离了尘世的喧嚣，只有犬吠蛙鸣和风吹树叶的声音在提醒着我，这是在人间。抬头远望，碧空如洗，星光璀璨，那挂在低处的颗颗繁星，向我眨着眼睛。仰视着它们，我在畅想，哪一颗是我逝去的亲人，他们一定会在远远的地方注视着我，他们会喜悦我的喜悦，痛楚我的痛楚，牵挂着我的牵挂。山野和清风，明月和繁星，白马山的夜色令万物沉醉。

清晨，我被一阵又一阵的鸟鸣声叫醒，淡淡晨光带给我的是心灵的宁静。轻轻推开窗，柔柔的风不请自来，消散了昨夜满天的繁星，吹淡了昨日皎皎的月痕，带来了天边的朝霞。

走出房门，朝霞即刻将我热情地拥抱。迎着朝霞那一束束的光，披金洒银一般洒落在我的身上，灿烂在我的心里。海拔一千多米的白马山，高山之巅地势居然是如此之开阔，如此之平坦，和武隆著名的仙女山相比，它就像白马王子一样更俊朗，原始森林和高山湖泊更为原生态。

白马山面积四百多平方公里，平均温度二十摄氏度左右，森林覆盖率高达百分之九十以上，国家重点保护植物超过三百种，被誉为"亚洲植物基因库"。怪不得那么多鸟在这里欢快地歌唱，白马山就是它们的乐土和天堂。

白马山拥有厚重的盐茶古道文化，天尺坪那一望无际的茶园，被一层又一层的云雾缭绕着，"仙女红"有机茶就在这云雾的笼罩下，浸润着它独特的品质。白马山，从西周时期就开始产茶，是宫廷的贡茶之一，近四千年来，这里的盐茶古道是巴蜀通往贵州的主要通道之一。

一杯仙女红清亮的茶汤里，蕴含着花香茶香果香的味道，撩人胸怀、沁人心脾。虽然不是采茶季节，但天尺坪的茶园也是满目葱绿。摘一片叶子慢慢咀嚼，依然可以嗅到茶的清香。

在去天尺坪茶园的小路上徜徉，远远地看见了一间老屋，黛瓦泥墙记录着岁月的沧桑，屋前生长着许多的玉米。有游人正与老屋的主人攀谈，那主人手里拎着白白的萝卜和嫩嫩的玉米，像来了外地的亲戚。老汉手里拿着锄头，继续打理他的菜地，我看见他的菜园里，有层层卷起的大白菜，叶子绿油油的，在阳光下那么诱人。

盛开的南瓜花金黄金黄的，枝蔓上一边是花朵，一边是硕大的南瓜，它们悄悄地隐藏着，不仔细寻找很难发现它肥硕的身影。蔬菜是人间最平常之物，没有花的娇艳，不比芭蕉、梧桐的诗意，却让我格外喜欢，我喜欢它们生长在泥土里的样子。是泥土用它最奇妙的方式，养育着人间的万千生灵。或许菜园子里安放着我的精神家园，那是记忆深处对童年和乡村生活的铭记。

下雨了，撑起一把伞，信步走在雨中，感受着空气的清新和雨滴的清凉，它像来自天上消融的冰雪，落在我手掌间，更像是仙女落下的思念的泪珠。

蒙蒙的小雨中，黄柏淌高山湿地梦幻般地呈现在我的眼前，该湿地由三个互相毗邻的湖泊组成。湖畔生长着茂盛而丰富的植物，蜿蜒的小路向着湖边延伸着，绿中泛黄的草色，青蒿、杜鹃、垂柳一片斑斓，交相辉映，绽放着白马山在这一片清秋里最美的景色。穿过树林，远望湖水，那一池碧水，纤尘不染，在天地间安静地冥思，水上的慧光若隐若现，让我的灵魂顷刻间受到了震颤，这正是我倾慕和追随的秋天景象——水静秋明，物我两忘。

就这样安静地坐在湖边，连风都不会发出声音。闭上眼睛，尘世的聒噪再也与我无关。这样的感觉，这样的时光转瞬即逝，弥足珍贵，一切就像刚刚做过的一场美梦。美梦做完，回过身去找人间烟火所在，在林场护林工的家里安顿下来，吃农家饭。

院子是依山势而建的，木质结构的上下两层楼，墙上挂着"绿水青山就是金山银山"的标语，看上去真是贴切。家里只有夫妇两人。院子里有两条小狗。看见我们这么多人来到，小狗很是兴奋，围着我们转来转去，也给这个家增添了许多生活的乐趣。

最东头的一间屋子里，架着柴火。柴火就燃烧在一个土坑里，火上吊着一个黑黑的砂锅，锅里一直冒着热气，很香，应该是炖了肉。房顶上吊着的腊肉，已经被熏黑，有的地方像炭火一样黑，主人说这柴火会一直烧着，满屋飘散烟气，把腊肉熏染得历久弥香。

一锅煮好的玉米被女主人端在廊下，一股香气直入肺腑，玉米个头不大，却格外好吃。我对里屋那红红的柴火感兴趣，就拿着玉米坐在柴火边的板凳上吃，享受的是回归自然的那一份轻松。

我与女主人聊着天，她四十多岁的样子，齐耳短发，脸庞微红。问她在这样人烟稀少的山里生活，感觉怎么样。她说日子单调一些，但也习惯了，国家会给一点儿护林补贴，粗茶淡饭，布衣简食，这里有山有水有花有草陪伴，生活自给自足倒也觉得挺好。

我看见她说起这些话的时候，表情是那样平静而满足，不由得让我心生感慨，充满敬佩。生活中有些人总是能够于无声处令人感动，他们朴实而平凡，对生活的索取不多，却能彰显出平凡中的伟大，就像这对白马山林场的守护者，几十年如一日，守着大山与孤独相伴，回报很少，却从来无怨无悔。

红红柴火映着女主人的脸庞，她是那样专注而用心，看着她活得有滋有味的样子，我想起一种最普通的植物——草。大自然中的小草，默默无闻，虽然常常被人忽视，却自有存在的乐趣，坚韧不拔，心许大地。这对夫妇是白马山林场最美的劳动者，他们对白马山的一草一木，都有着别样的感情，视作陪伴自己的亲人。

女主人在不断地忙碌着，一口大铁锅里熬着的是豆浆，她要为我们做豆花，黄豆散发出的香是原始而纯粹的。在这座院子里，我们离人间的烟火很近，离心灵的宁静很近，袅袅炊烟，以缥缈的方式表达着这一家人的情意。

我拿了一个嫩玉米放在柴火上烤，慢慢地那玉米在火的热情之下变了颜色，散发着醉人的清香。临行，我把这个玉米放在了车上，那清香在车里一路上也没有散去。

我不知白马山的空气中飘过的香，复合了多少种植物的味道，这些香来自白马山丰富的自然资源。白马山自然保护区是植物资源的宝库，银杉、红豆杉、珙桐等珍贵植物，在这块土地上尽情地生长。那满山遍野的杜鹃花在春天的时候会盛大开放。

我不知道草丛中有多少动物在栖息，有多少虫子在鸣唱，这鸣唱来自动物们的心灵。我不知道白马山有多少神秘与动人的爱情故事。夜了，碧空如洗，万籁俱寂，我分辨着，倾听着，不知不觉已入梦乡。

穿行在时光的河流，总有一些你走过的山水遇见的人，成为最美的遇见，这些记忆，如小雨一般浸润灵魂，如清风拂动树叶，如明月照耀山川。梦中的白马山，就在我不断的回眸中，闪耀着醉人的光芒，那是大自然给予我最好的恩赐。

神农架散记

1

在神农架木鱼坪珍奇标本陈列室里，我看见了那尊雄风犹在的金丝猴王。易给我讲起它时，我很激动，心底无声地淌着热泪。这只金丝猴王国的部落之王，多么类似人类的民族英雄，抵御外来侵袭，勇猛善战，顽强不屈。然而它终于伤在一只灰狼的利齿之下，躺在一位野生考察队员怀里，没有惶恐与不安，犹如一个无家可归的孩子，回到了母亲的怀抱。厚厚的唇轻轻翕动，羸弱而动情地喃喃着什么，仿佛在向人们倾诉种种颠沛流离，种种凄风苦雨。美丽的眼睛里居然淌出一颗颗清泪，这人类之外生灵的眼泪震撼了我，我为之惊叹为之怆然……

抚摸着它依旧闪亮的根根金丝，崇敬与怜爱像一股股汹涌的潮水撞击着我的心灵。

森林的大面积退化，使多少动物失去了可爱的家园，处境维艰。想起一篇童话故事：一位智能无穷的外星人在街头解救了无数被耍猴人凶狠抽打的小猴，并用神力将它们送回大自然中的花果山水帘洞。然而现实中猴子们的乐园究竟在哪里呢？

兴山到神农架林区机关所在地松柏镇，一路逶迤数百里，山也叠嶂，树也苍翠，只是想象中古老神秘的原始森林在哪里？唯有公路一侧次生林中七棵苍劲挺拔的冷杉，人称"七姊妹"，枝丫相携，亲密相依，默默无语。是当年采伐者的精心设计还是无意的疏漏，留下这"七姊妹"是为了向后人展示曾经有过的辉煌吗？

2

走上燕子垭，陡峭的岩壁上，有无数的燕子洞，成双成对的燕子翻飞啾鸣。燕子们一袭黑衣，我隐隐感觉黑得出奇，连同燕子垭上苍幽古拙的松柏，极和谐地给人一种空灵肃穆的感受，令人难以忘怀。站在这海拔两千米的峰间，望远处叠嶂的山峦、缥缈的云雾，不知该为那对忠诚的殉情者哀悼还是为他们祝福。

关于那对从大都市辗转而来的青年殉情者，在燕子垭上曾有无数的传说与猜测，给这块神奇的风景胜地平添几分神秘，平添几分景外之景。每个来燕子垭的人听了之后，总有自己不同的感受，或悲或叹，然而能在这人间仙境，与刻骨铭心的恋人相拥着容身于大自然的丰厚之中，走向最终归宿，或许也是一种幸福所在吧。

3

在巴东垭，铺天盖地的雾气从深不可测的谷底涌出，如棉似絮，一团团一片片。时值仲夏季节，在这高山峡谷之间却令我感到了阵阵凉意。友人指点，远处山峰上的一块巨石，是传说中毛泽东的雕像。不由惊叹，像！太像了！惟妙惟肖，一幅天然雕像，想必是毛泽东的丰功伟业也感动了大自然，大自然以其神力塑造了这尊不朽的伟人雕像。远处，栩栩如生的"毛泽东"正在谈笑风生中指点江山……

4

板壁垭上柔软而厚实的草地，原始而纯真，一切植物都茂盛得自由坦荡。据说当年红军踏过的草地就是这样茂密。我一时来了兴致，迈开大步，潇潇洒洒忘情地踏过去，全然不再顾忌草丛里隐藏着什么蝎子以及软软长长的蛇之类。想寻找一下当年红军长征过草地的感觉，却陡然想起自己刚刚将各种美味吃个够，脚下穿着昂贵舒适的旅游鞋！

　　板壁垭附近的坡地上，茂密的竹子一个圆墩一个圆墩地分布着，疏密有致，天然的造型极为独特。友人说这一带曾有野人出没，我心生浮念，还真有几分紧张，倘若真的在这人迹罕至的幽谷山野与野人相遇，该是怎样一种境况呢？

　　魂不守舍之际，我仿佛沉沉感觉到幽幽秘秘的竹林深处，棕色长发、高额阔嘴的野人，正默默地注视着我们这些陌生的山外来客。而那目光分外清澈，纯净如孩童的眸子。我仿佛听到他们在诉说着一种生命的无奈，一种被遗弃的哀愁。难耐的悲哀无声地涌上心底，也许，现代人与野人彼此沟通的日子，还很遥远。

　　临近傍晚的时候，雾霭渐渐浓重起来，天地间苍茫一片。一阵空前的大沉寂之后，我悄然收回在密林中追寻的下意识的目光。回眸之间望见远处，高高的瞭望塔下，升腾起缕缕炊烟，神秘而幽远。循着这人间仙境中的一缕炊烟，我向着那高高的瞭望塔疾步走去……

别了，神农架

该起程了，神农架的雨已下了两天两夜，此时依旧雾气氤氲，不开心的天，似仍在一味挽留我们这些虔诚的倾慕者。为一睹神农架的原始洪荒，千里万里风中雨中，该是道一声再见的时刻了。

车出了松柏镇，跌入了神农架的茫茫林海里，飘忽盘旋在谷底山涧。别了神农架朝云暮雨的巴东垭，别了碧波万顷的高山草原大九湖。

苍山秀峰一路逶迤，心境也逶迤。放飞流动的思绪，吹拂流动的风。贴紧东窗，祈盼透过那一方小天地，再投入地感受一下神农架的苍茫、寥廓。

天地间宁静得如处子一般，偶有几只鸟、几片低低的云飘过。弯曲盘旋似飘带的公路上人迹稀少，忽有两只肥硕的黄牛悠然荡来，轻松自得一派安然。听见车的声响，那牛停下来，幽幽地望着。可那想象中短笛横吹的牧童，却不见露面，就任凭牛们幽幽地往前荡，也不担心被什么不规矩之人牵了去。过了好一段路程，蓦然望见一位老婆婆蹒跚而来，倒背的手里拎着一只小口袋，粗白布缝制的，怎么也难以想象，那小布口袋装的会是什么。老婆婆的烁烁银发在大山凝重色调的映衬下愈发苍白。渺渺天宇之下竟有这样白发苍苍的牧牛人！也许她一生一世都不曾走出大山一步，不会知道山外那个世界的一切精彩与无奈。循着那蹒跚的步履，追踪那淡淡远去的一抹背影……

远处，山间的阳坡上，丛林婆娑中依稀可辨几间茅舍，可是这夕阳暮人的归宿？没有树的地方几片不成方圆的薄田，同样泛着蓬勃的绿意，一缕炊烟在宁静中袅袅升起。一切都那么纯真，本质地呈示着一种静穆、淡远、高洁的境界，一种令人永远难以忘怀的境界。望着这样一幅动人的画卷，略有几分怆然，之后便也释然。这如诗如画的一块净土，一个纯粹天然的世外桃源，生于自然，长于自然，归于自然。一方水土养一方人。

车继续在大山深处的崎岖中颠簸，中午已过，车晃晃悠悠停在一个小镇上。此时真的感觉饿了，买下老乡几个热的熟鸡蛋，就着一包四川榨菜吃得很香。杯子里放上茶叶跑下车，让小卖店的主人为我冲了一杯清香四溢的茶水，喝上一口，一路劳顿烟消云散。当我重新回到车上的座位时，却见我吃了一半的面包、榨菜已可怜巴巴地被压在一个刚上车的山里汉子的屁股底下，我不由分说一把将那半包榨菜抛向车外。

一句话也没有，那汉子满含愧疚地站着，如犯了错误的小学生一样不知所措，那份惶惶然，倒使我一下子不自在起来，忽然为自己的狭隘而惭愧。总想找个机会与他搭几句话道一下歉，无奈那汉子的脸紧紧扭向一边，不曾有丝毫的放松。我看见那汉子手里拎着几斤鲜猪肉，一些说不上名的蔬菜，家里一定是有什么喜庆事。我这样一定坏了人家的好心境，这样想着，那汉子就在一个小小的站牌下匆匆下了车，逃也似的踏上了一座悠悠的小吊桥，清悠悠的溪水，腾着欢快的浪花。就在跨上吊桥的一刻，那汉子才收住了匆匆的步履，如释重负般地悄然回首，朝着车的这边张望。而那凝望的眼神，仿佛依旧含着不安与尴尬。这就是憨厚朴实的山里人！

夕阳西下的时候，就要走出神农架充满魅力的怀抱了，而我也难以再顾及车窗外的世界了，因为那飒飒的山风吹来真的很凉。六月的日子里南行，衣物带得自然愈少愈薄愈好，而我没料到，六月的日子里在神农架的大山里，我被冻得直哆嗦，顾不上端庄，索性将旅行包里的长袍短褂套上。一条花百褶裙套在脖子上，风吹来，一飘一鼓地像个花披风，可能看上去很狼狈。后面座位上的山里女人终于忍不住，哧哧笑出了声，随之从包袱里拉出一条小棉被子披在我肩上。几番推辞之后，小棉被仍稳稳地落在我的背上，暖意与感动顿时涌遍全身。那小棉被真是出奇地舒适温暖，我即刻沉浸在一种极美的联想之中，想起家，想起风雪中归来后母亲的怀抱……

那女人来自大山深处，翻山越岭走了几十里山路，才搭上了车。她是第一次去城里，探望坐月子的弟媳。看得出她隐隐有几分激动，眸子里闪烁着熠熠的光彩，举手投足间，浸透着她对都市的羡慕与向往。

对于喧嚣的都市，我不知该如何向她描述，然而一个奇怪的念头清晰而固执地在心头飘浮：假如在都市的公交车上，有山里大姐那样的乡亲如我一样冷得发抖，骄傲的现代都市人能给予她的会是什么？

看了一路的风景感受了一路的挚情，难忘神秘的神农架，更难忘纯朴厚道的神农架人。

远　行

在我的潜意识里，常常涌动着远行的渴望，在这些渴望一时难以实现的情境下，我喜欢在地图面前纵横驰骋，坐地神游。的确，远方的美丽与陌生，每次都能带给我诸多新鲜的感受，就像生命中滑过的片片流云、缕缕清风。

今夜，我又一次远行，站在了塞北高原的土地上。月亮已悄悄升起来，场院上的篝火也已架了起来，一群从城市的门槛里踏出来的人，显然想在这塞北高原度过一个狂欢之夜。然而，当那熊熊的篝火正燃烧得起劲，人们的舞姿蹁跹的时候，缤纷的雨点不期而至，不一会儿就噼噼啪啪浇熄了篝火，赶跑了人群。一时间，开阔的场院上了无人影，寂静非凡，我独自一个人站在檐下，望着那一堆刚刚还几尺高的"篝火"出神。

　　高原的雨，云来则下云去则停，雨下了不久就失去了耐心，携了几朵云彩便飘然离去。那一堆篝火又生命力极强地燃烧起来，远处有零星的烟花，在自顾自地不断升空，在空中绽放一道道灿烂。高原的风吹过阵阵凉意，我走到了篝火的前面，一股纯纯的浓香飘过，我即刻获得了温暖。那将要燃尽的火居然是那么美丽，一棵棵白桦树的枝干经过了火的熔炼，是那么通身晶莹剔透，红得没有一丝杂质。红红的火苗映照着我的脸，温暖着我的心，就像朋友一样无声地慰藉着我。

　　此刻，夜已深沉，我抬头仰望，浩渺的天空中群星闪烁，仿佛是一个个冷静而诡秘的眼神，在神秘地俯视着我。我的思绪在无边无际的天宇间弥漫开来，整个灵魂沐浴在火光与星光的辉映之中。一种源自心底的感动与亲切滑过，让我飘浮在高原的思绪又一次梦归故乡。故乡那座小城的周边，有那么多绿树掩映的小村庄，生生不息、古老纯朴的小村庄里，飘扬的晚风中也曾缭绕着今天这样的馨香。农家庄户暖暖的灶火旁边，也曾是我少时的依恋，那灶膛里燃烧着同今天的篝火一样美丽的火焰，那美丽的火焰曾将我寒冷的身躯烘热，带给饥饿中的我以饭的清香。那些远远近近的小村庄曾使我神往，成为我最初的远行的渴望。

　　我至今记得第一次远行的模样，那次远行的目的地，是十余里外的苇河镇，十余里在如今只是一脚油门的工夫，那时要靠脚一步步去丈量。我和哥哥出南城门一路颠颠地走在硬硬的黄土路上。正是暮秋时节，那些成熟的庄稼好像是农人们心爱的孩子般相依在场院上，相拥着挤成一个个圆圆的垛，等待着颗粒归仓。收割后的原野空旷而辽远，坦荡的土地铺向四面八方，我只觉得自己仿佛是刚刚从笼中飞出的鸟儿。

一路走一路望，一路撒欢一路唱，走累了，靠在人家场院边上打盹儿。正在场院上忙碌的老农人，望见凹凸不平的黄土小路上，有个女人提了瓦罐送来饭食。他将下头上的毛巾抹抹脸上的热汗，拿下扣在罐上的大花瓷碗，往地上一放，搬起罐子往里倒饭。女人一边念叨着什么，一边将方布巾包的干粮打开，递过去。那农人随便地抹一下手，接过去大口大口地吃起来，吃得真是香。我和哥哥坐在他家的场院边上偷偷咽了口唾沫，不料被他发现了，看着我俩一副饥肠辘辘的模样，一把将我们拽过去，不容分说从那块方巾中拿出两块干粮塞给我们说："饿了就吃。你瞧，咱这场院里粮食多得是。"那份丰收的喜悦与满足，洋溢在他的眉宇之间。

吃完饭，那老农人又开始站在场院的中央，借着飘飘而过的秋风，溜他的豆子，扬他的高粱，那认真专注的架势浸透着一个农人对土地对粮食的虔诚。这是一种多么纯粹的情感。

走到苇河镇的时候，在村口的大槐树下，我的姨母正四下里张望，远远地望见了两个孩子的身影就急急地迎过来，一左一右把我们两个搂在怀中，姨母的身上有股豆秸秆的味道，一种亲切感涌遍全身。

我至今想不起来，我和哥哥为什么在人家秋收大忙的季节里，将姨母家的那辆独轮车借来。只记得当我俩说明来意时，姨母真踌躇了一下，然而，望着我们两双巴望的眼睛、一头的汗，还是答应了我们。

我和哥哥就这样实现了此次远行的目的，推起那辆独轮车，满心欢畅地打道回府了。那是一辆完全木制的推车，车体颇小，呈前窄后宽的平板状，唯一的一只轮子安装在车的最前方。轮子也是木头制作的，圆圆的轮子里像镶嵌着一个个橘瓣，转起来格外好看。这木制的轮子走在硬硬的黄土地上，咯噔咯噔有些响。我和哥哥走在回家的路上，天色已晚，西边的火烧云已将村庄映照得有些迷茫，秋风浩荡中，我的心对乡村充满了眷念。

这是我平生第一次远行，是这次远行带给我的那些新鲜的感受，奠定了我今生今世渴望远行的基石。这些奇异的感受和往事虽然永远地在岁月中消失了，却会不停地在心中复活。就像我在塞北高原度过的这个夜晚，会悄然驻足在我灵魂的深处，相信它也时不时地会走出来滋润我的记忆空间。

永远的灯

　　那一年在太行山区的秦王湖开笔会，住在库区管理处的一个招待所里。那个招待所虽小，却极有特色，满院子北方少有种植的翠竹，亭亭玉立。石头房子依山势而建，一排排呈阶梯状。那几天的秋阳格外灿烂温暖，白天将被子展展地晒在院子里的石条凳上，柔柔地散发着阳光的香气。食堂也极简单，没有大鱼大肉，饭菜却吃得颇香，土豆白菜的味道远远比城里的诱人、可口。

　　一个下午，我们去爬山，只有极窄的一条山路。一路走一路望，一路摘些树上红透的软柿子。将那红灯笼似的柿子，玩味于手上，尽了兴便味溜一声吸食，沁人心脾的甜。

　　这山远远望去并不是太高，爬上去却是极为不易。但山上极美极有趣：红玛瑙似的小酸枣点缀、躲闪在杂草荆棘丛中，你要吃到它，是需要勇气的。于是不惜爬到悬崖边上，一时不再顾忌脚下那或许就是生与死的一步之遥。各色各样的蝴蝶在你眼前尽情地飞来舞去，为你展示它的美丽与动人，禁不住为之追逐嬉戏。还有那毛茸茸的蒲公英，摘下一朵轻轻一吹，绒毛离开母体在风中四散而去，去播种明天的希望。那刚刚在山下远远望去像土墙一样的峭壁，兀自横在你的面前，抬头仰视，峭壁上的石头那样刚毅，刀劈斧砍一般，不由得心底深处升腾起几分敬意，峭壁在夕阳的映照下愈发金碧辉煌。

在这块自由的世界里，挥发着心中的种种淤积，尽情享受着与生俱来的自由天性。不知不觉已是日暮黄昏了。大家一下子慌了手脚，七七八八寻找下山的路，左冲右突没有结果。天色渐晚，夜色已像无边的波涛汹涌而来，我们被淹没在这一片原始而纯粹的地老天荒中。我们迷路了，惊恐与不安包围了每个人。

蓦然间，不远处一盏微弱的灯光，在朦胧的夜色中，手一样地向我们招摇。我们摸索着欢呼着向那盏灯跌撞而去。走近了看清了，这是一架木质结构的茅屋，推开那扇简陋的门，一个须发飘逸的老翁赫然闪现在我们眼前。他的脸上有微微的笑容，望着我们几个黑夜来访的不速之客，似乎并未感到有什么奇怪，脸上的笑容倒生有几分会意。那一刻我有一种感觉，我感觉这老翁说不定是神仙。于是在这位老翁的茅屋里我便始终懵懵懂懂。我们有了一顿热腾腾的晚餐，一口黑黑的大铁锅里有香香的炖土豆，那味道比山下招待所里的更为诱人。老翁望着我们如此狼吞虎咽，依然是笑。吃饱了抹抹嘴，便不再提下山的事，坐下来围着那盏灯，与老翁聊天。老翁望着我们的目光，是那样自信与慈祥："你们这些城里人啊，口口声声说爱山爱水爱大自然，然而一旦找不到回家的路，又慌得要命，又恨起这山的荒凉、荆棘的无情。"我想起方才我们的狼狈，不觉脸上一热。

这个夜晚大家挤在老翁的茅屋里，山野间的清风轻轻袭来，铺下那柔软的茅草，散发着自然而纯真的清香，我感到一种亲切的气息。走出柴门，只见辽阔的天幕上，星光灿烂如灯。树影摇曳，涛声阵阵，恍惚中仿佛梦回故乡。乡间那一架架搭在田间地头、瓜园果园的窝棚，曾是那么诱人，我曾那么深情地关注过它，那么渴望在那小小的窝棚里做一个守园人，沐浴大自然的清风斜雨、日月星光。然而这个简单的梦，一直未能实现。这个繁星闪烁的夜晚，在这位慈祥而有几分神秘的老翁的茅屋里，终于圆了我多年梦寐。这个美妙而奇怪的山野之夜啊，永远使我刻骨铭心。

爱山爱水爱大自然，自是我永不厌倦的话题，蜗居都市想起美丽的大自然，就跃跃欲试。然而，远行的路比回家的路更加曲折漫长。人在大自然面前，有时是那样渺小卑微，那样手足无措，我真的羡慕那位居于深山的老翁，他是如何在大自然的怀抱中，将生活调理得如此从容自在而有滋有味？或许他真是位神仙？忘不了的是家，永远向往的是大自然，命中注定我多愁善感，拙于应付红尘中种种挑战的心智，将永远在这种矛盾中挣扎，一分苦涩，一分欢乐。

湘西忆旅

灯火阑珊的时候，火车徐徐进站，我下了车，站在湘西的土地上，感受着湘西飘然而来的秋风。远处，已有友人向我招手。望见他们，我的感觉亲切而美好。

那位同在一个卧铺车厢的老乡，望着我和朋友在热情地寒暄，就有几分茫然，旋即同我挥手告别，秋叶一般卷入人群，悄然消失在茫茫夜色中。

来湘西住宾馆的日子虽短暂却依旧难耐，朋友便笑我心急。一路劳顿算什么，走吧，匆匆忙忙登上一辆越野车，心便自由地飞翔在湘西的土地上，阳光很好，我的心也撒欢似的。

临近中午的时候，一条飘带似的河拦住了车的脚步。清清凉凉的一条河，远远近近几条淘金的木船，泊在河面，影影绰绰。沙里淘金的汉子们忙忙碌碌。我们下车，等待着轮渡。轮渡由人工摆来摆去，我来了兴趣，极认真极投入地想做一回摆渡工的梦，而从留下的照片上一眼可见，我不过摆摆花架子而已。

　　对岸依山而成傍水而建的吊脚楼已隐约可见，而更引我注目的是岸上那两棵花树，我从未见过这样硕大无比的花树，远远望去分明就是两大片火红。惊异之中，朋友说，他们称之为摇钱树。想不到大自然中的"摇钱树"能以这样超然卓立的身姿，走进我的视野中，那一串串红艳艳、清丽丰满的花朵，在硕大无比的树冠上竞相开放。循着它们的诱惑我们一步步走近，摇一摇这美丽的花树吧，在这样美丽的庇护之下，你定会感到幸福与吉祥。

　　吊脚楼的远远近近，已有缕缕炊烟升腾，有朴实的老农，扬着褐色的小鞭，吆喝着褐色的牛从树下悠然走过。

　　我们赶向那个预定中的侗家山寨，车又跑了好一阵子，在一个山谷口停下，我们下车顺着山谷一侧的田埂往里走，顺山势而成的小路弯弯曲曲，羊肠子一样。小路边的坡地上，开满了淡淡的山茶花，友人替我折了一根什么草棍，让我品尝山茶花的花蜜，甜意十足，芳香沁人。走在这样万籁俱寂的田埂上，新鲜的感受一次次让我欣喜。山谷间的土地竟泛着一种灰色，连同田里耕作的老牛也是灰色，土地与牛的颜色浑然一体，难以分辨，尽情展示着土地对牛的濡染，牛对土地的钟情。

　　小路犹如一脉血管从山寨的中心穿过，我们在一座小小的院落旁静静伫立着。木制的房门吱呀一声开了，流行歌曲水一样涌了出来，这在都市里听得耳朵起茧子的歌儿，在这个陌生闭塞的山寨里倒别有一番情调。

通向那侗家山寨的路很悠长，我们继续向山谷深处走去，山谷有没有尽头我不得而知。远处已隐隐有吊脚楼再一次进入我们的视野，渐渐走近的山寨已如期呈现在我们面前，一幅美妙的画面也随之呈现在我的面前。这是一幅诗情画意、层次分明、质朴自然的风景画，山谷两侧黛青色的山峦起伏，近处坡地上是清秀修长的竹林，坡地下是泛着青黄的厚厚的草地，山谷中间平坦的土地上，成熟的水稻如梦如幻地摇曳着，远远望去，一条小溪边，古老的筒车缓缓转动，犹如转动着一支漫长的岁月之歌。

此刻，我的心又一次被那覆盖在草地里大片大片的红紧紧吸引了，我跌跌撞撞奔向前去。我看见那大红的花朵形如菊花又比菊花细腻，弯弯曲曲飘逸的花瓣花须，那么艳丽地盛开着。奇怪的是，绿色的花秆上光秃秃的不见一片叶子，只有笔直的秆儿亭亭玉立。不是说红花还要绿叶扶吗？友人说，花朵盛开的过程，也是它一层层将叶子剥落的过程。这野生野长采日月之灵气汲天地之精华的花朵，一派超凡脱俗、清新奇丽的风姿。友人说你挖几棵回家养着如何？我默笑，千里迢迢一路颠簸，我怎忍心让这美丽的生命之花陨灭在我手上呢？即使可以带回，我还怕市井俗风熏染了它的清丽呢，还是让它在大自然丰厚的怀抱中自由畅快地呼吸吧！

十月的山寨，充满了诱人的芬芳。吊脚楼，这湘西最具魅力、最具特色的风景便显出了几分空旷，简朴深邃的木屋的门楣上缀满了串串红红火火的辣椒。金黄的玉米棒十分惬意地向人们展示秋的果实。走上木板楼梯，吱吱地响，屋子里的光线有点暗，望着那简单古朴的摆设，想象着在吊脚楼里曾发生过的一切美丽的故事与传说，我的心便有几分迷离。

炊烟升起的时候，是我们该说再见的时候。夕阳西下，山寨里逐渐热闹起来，暮归的吆喝声里带着那么多丰收的喜悦，好一派祥和的景色。回眸山谷间鸟雀鸣唱，花儿起舞，牛羊或悠悠行走或低头凝眸守望。

挥挥手，轻轻地离去，不带走湘西的一片云彩。但是，湘西，你将永远萦绕在我的梦中。

纳溪之醉

盛夏，由成都一路向南，到达纳溪的时候，已是薄暮时分。这个时刻，正是我所在的城市交通不畅、道路上无比繁忙的时刻。

而在纳溪的街头，我看到了另一番景象——没有那么多拥挤的车辆，没有那样匆忙的步履，没有那些焦急的神情。那一份自在天边的闲适和从容，写在纳溪人平静的脸上，踏在纳溪人款款的脚步中。夕阳已在天边，远处的山峰丛林笼罩着一片暮霭。纳溪，这座川南小城，就这样沉醉在一片静谧之中。

此情此景，虽是燥热难耐的盛夏，却让我的心境超乎寻常地凉爽。

第二天一大早，我们从纳溪城中出发，去白节镇的大旺竹海。一路上，满山遍野的翠竹一排排一簇簇从眼前飘过，让我目不暇接。那欲滴的绿色，让我在北方饱受雾霾之苦的心肺得到了洗礼，我感到了久违的呼吸畅快。

大旺竹海，翠竹的海洋，路随山弯车随路转。车在山上走了那么久，我忘情的视线依然游走在竹海的怀抱里。平生最喜爱竹子，喜欢竹子纤尘不染的高洁，喜欢竹子宁折不弯的豪气，无奈自己却偏偏生在缺少竹子的北方。

最早看见翠竹，还是在电影《春苗》里，影片中李秀明主演的是位乡村赤脚医生。其中有一首旋律非常优美的插曲，给我留下了非常深刻的印象："翠竹青青哟披霞光，春苗出土哟迎朝阳，顶着风雨上，挺拔更坚强……"同时出现在电影画面中的，就是满山遍野的翠竹，五彩的霞光从竹林间照耀过来，幻化着洁白的云雾。那时候我大概十一二岁，时光荏苒几十年，那个美好的画面却近在眼前。

而今，在大旺竹海，在满山遍野的竹林里，实现了我追逐翠竹青青的愿望，那是我永远渴望的田园之梦。

离开大旺竹海去护国镇，著名的护国战争纪念馆就设在当年的陶家大院，这座古老的建筑，历经一百多年的风雨，却没有太沧桑的痕迹。几进几出的院落，呈四合院布局，院内亭台楼阁、雕梁画栋，清新的川南民居风格散发着历史的魅力。它是当年护国战争中棉花坡战役的指挥部，是中国唯一的护国战争纪念馆，经历过当年的惊心动魄、血雨腥风，参与过推动中国历史发展的进程。

纪念馆前的护国广场，非常开阔，鲜花盛开，树木葱茏，和平安宁，充满生机。一个胖胖的小男孩和一个同样胖胖的小女孩，在广场上不停地奔跑嬉闹，小女孩的裙子几乎拖着地，那胖胖的身躯把小裙子撑得很紧，浑圆得像小肉球一样在地上蹒跚，特别可爱。

小男孩像是哥哥，小女孩大概刚刚学会走路，对自己的双脚是否能够掌控的道路和台阶充满好奇和追求，她试图挣脱哥哥的搀扶，渴望自由地奔跑，可惜胖胖的小身躯还不能完全行动自如，没跑多远就一下子摔在地上，小男孩赶紧过去扶起妹妹，细心地拍打着妹妹裙子上的尘土，那份由内而外自然散发的亲情让我感动。这就是中华民族优秀文化的传承，这就是亲情血脉的代代相依。

一座将军金戈铁马的雕像，高高地伫立在纪念碑上，气势非凡。更让我感慨的是纪念碑下那幅宣传牌上的"人民有信仰 国家有力量"几个大字，与护国广场上幸福和谐的场景，情景交融，浑然天成。

护国广场的长廊上，有人在演奏音乐，是三个中年人。男的穿一件红色T恤衫，用心地拨弄吉他，那穿着绿裙装的女子在吹萨克斯，另一个女子穿着黑白相间的裙子在弹电子琴，看上去好美的一幅画面。他们不断调试着音节音准，准备合奏，我听见，那是一首很熟悉的曲子——《友谊地久天长》。

虽然不能和专业演员的演奏相比，但那一份悠闲、那一份浪漫，和护国战争曾经的血雨腥风，形成了强烈的反差，无时无刻不在警示着我们，今天的幸福生活，是多少仁人志士、革命英烈用流血牺牲换来的，弥足珍贵。

泸州是全国闻名的酒城，纳溪区更是中国酒城的腹地。在纳溪，连空气中都弥漫着醉人的芳香。

纳溪的竹酒博物馆，虽然藏在青山深处，却让人远远地就闻见了浓重的酒糟香气，那强烈的味道，几乎是在一个瞬间布满了鼻腔，人就有些醉了。在酒窖里存放了多年的大酒缸，都有一人多高，各个都系着大红绸缎，场面看上去喜庆又壮观。大瓷碗、小酒杯里已经盛满了酒，一杯就足以让人沉醉。

竹酒，用各种竹子、竹叶、竹棍等酿制而成，加以灵芝、人参、天麻等材料味道更加浓郁，酿造的过程是漫长的，这漫长的过程成就了竹酒的清香，也见证了岁月的绵长。

听听竹酒的自我阐释吧："对于时间，我们有着独特的感悟，破茧成蝶、花开花谢，草木枯荣，都是时间的脚步，而在四季变换中，我们不懈地寻找竹酒的秘密，春生、夏长、秋收、冬藏。竹如此，浸泡亦是如此。"

在纳溪，另一个见证岁月醇香的是护国陈醋，它也是国家非物质文化遗产。护国陈醋主要用麸皮、大米做原料，以当归、党参、人参等百余种中药为配方，通过传统工艺制成，具有独特的浓厚香气，酸味醇厚，回甜爽口，久存不腐。院坝里，整整齐齐地摆放着灰色的大醋缸，护国镇独特的气候、土壤为酿醋创造了得天独厚的条件。四季分明，日照充足，雨量充沛，大醋缸里慢慢发酵的醋，尽情享受着大自然阳光雨露的滋润。

上午一杯酒，下午一口醋，一天都在微醉之中，醉在纳溪的美丽风景中。

第三天我们去更为醉人的花田酒地景区。花海，其他任何地方都可以种植打造，只要规模种植就好，而纳溪的花田酒地却非随意复制。

在蒙蒙细雨中紫罗兰摇曳多姿、金盏菊娇艳欲滴、虞美人柔情蜜意，放眼望去，百亩花田令人心旷神怡，四周青山绵绵让人神清气爽，观景台绿柳依依，花海栈道百花争艳，每一个行走其中的人，都是诗意的风景。

畅游花海之后我们去种作家林，当那一棵枝繁叶茂的桢楠树被我亲手栽下的时候，那感觉像留下了自己的孩子一样，留下了殷殷的牵念。我坚信，它能茁壮成长，能长成参天大树，多少年之后，这个世界没有了我，但是我种下的这棵树，依然可以点缀花田酒地的风景，那是多么有幸的事。

几天的纳溪之行，很快就要结束了。在最后的相聚中，朋友们喝酒唱歌依依不舍，我看见纳溪区年轻的区委书记和宣传部部长一起勇敢而热情地走上台，看着手机上的歌词演唱。他们倾情演唱的是纳溪区形象歌曲——《那溪那山》，这歌声虽然同样不专业，但是他们用心在歌唱，歌唱他们的纳溪，歌唱他们的家乡，那种原生态的艺术本真，在这一刻饱含着强烈的感情色彩和责任情怀，超强的感染力震撼着我的心。

纳溪，是古老的，是纯粹的，浓厚的历史文化积淀、简约秀丽的自然风光，让它独具魅力。祖祖辈辈生活在这片土地上的纳溪人，拥有一颗纯朴热情的心。纳溪也是年轻的，好山好水好生态，好酒好茶好陈醋，滋润着今天纳溪人神采飞扬的日子。

我端详着站在台上唱歌的每一个人，他们的脸庞是那样年轻，在灯光的闪烁中，洋溢着朝气透着真诚，就像纳溪这座古老而又年轻的城市，美好而又迷人的风景一样，动我魂魄，醉我心灵。

醉在纳溪的一切，终将成为旧事，但那些醉人的场景，总会让我难忘，会让我在某个寂静的夜晚细细品味，悄悄回望，历久弥新。

风中的飞翔

夕阳即将落山的时候，我站在恍若天街一般的山梁上，痴痴地望着山谷中深不可测的云雾出神。一旁的朋友怅然自语："该下山了，真舍不得走。"那声音不大，但在我的耳旁声如洪钟。我拽一拽飘飞的思绪，然后一脸坚定地说："那便真的不走。"于是匆忙与其他同行的朋友一一道别。挥挥手，那些熟悉的身影一瞬间便消失在高高的冷杉林中。

留下的我，在峨眉山盛开的杜鹃花丛中轻舒一口气，我的心在灿烂地笑。一路上，总是在走啊走，匆匆忙忙浮光掠影，多少好风景从我们的脚底下滑过。

我和朋友又回山谷口，极目长天，神气清爽，我感到了一种巨大的张力静静地托住我，灵魂羽化一般四处飞翔。周围一片寂静，旁边的朋友与我各无声响，唯有谷底飒飒的风，托起一层又一层云朵雾浪，缥缈缭绕在我的左右，触手可及。直到四野昏昧暮色苍茫，朋友说："虽在仙境，却不是仙人，去找个栖身的所在吧。"我懒懒地起身。

远远地，见我们走过来，小店门前的女子慌张地站起身来，下意识地将散落下来的乌发轻轻捋向耳后，亲切地招呼我们在她的旅店歇脚。一棵绿意蓬勃的大树几乎遮掩了她的大半个院子，树下，错落着圆而光滑的石桌石凳。坐下去，感觉清爽而洁净，不需要一遍遍擦拭。心里很舒服，就决定住在这里。忽听有淙淙流水声穿梭其间，寻来找去，这依山而建的房子后边，居然流动着晶莹剔透的山泉。这是多么滋润的所在！那女子给我们沏来茶水，轻盈地回身间，有些许淡淡的馨香飘过。茶是好茶，清亮碧绿的嫩芽上下浮沉，荡漾着浓浓的春意。水是好水，永不干涸淙淙流动的泉水，溢着醇醇的香气。茶不醉人人自醉，心底默然一声叹羡：妙境，又是一处妙境。

一阵喧闹声响起，一群赶山的汉子落座而定。好茶好酒好招待，把个女人忙得满面春风。不一会儿，那围坐的桌子上，青菜碧绿，辣椒鲜红，火锅子里腾着盈盈热气。汉子们三杯酒落肚，脸膛赤红，亮出嗓门招呼个不停。在一天的奔波之后，坐下来，在酒的浸润、在女店主热情而细心的照应中，这些背负沉重难得潇洒的汉子，寻找的可是那一份或近或远家的梦？

晚风浩荡时，如辉的明月高高地悬在天空，月是那种泛着金黄光晕的满月。星星却显得稀疏，但明显比平时看到的灿烂些，也同样泛着柔和的光亮，极像一盏盏小小的灯。走在山中，感受着峨眉之夜的宁静与苍凉。意念中浓浓淡淡的潮气依旧飘移而过，从笔直伟岸的冷杉林携来一股股远古的芳香。远处那悠扬的梵唱隐隐传来，在这寂静的山野飘荡，极具韧性地穿越耳鼓直入心脏，心灵上便响起一阵阵回荡。抬头仰望，模模糊糊的金顶之上，亮起两盏眼睛一样通亮的圣灯。在朦胧的月色下，那两盏遥远的圣灯闪烁着奇异的灵光，传送给我浓浓的宗教气息。月光蜿蜒如径，在我的心底逐渐铺成一个关于佛的神话。这斑驳的树影，可曾掩映过一代又一代朝圣者不倦的足迹？穿越时空隧道，我仿佛看见数不清的虔诚的修行者和佛教徒，一生一世倾其身心体验着、寻觅着理想的彼岸。

我猛然想起远在千里之外的外婆，固守着一盏孤灯踽踽清影，为佛祖烧了一辈子香火。逢年过节，那张曾经不许小孩子接近的桌子，对我来说更是充满了神秘，桌子上总是供品丰盛，香烟缭绕。外婆凭着一颗对佛祖的虔诚之心，守着贫穷熬着无限的寂寞，走过了七十多个春秋，如今垂垂老矣，对儿女索取极少，粗茶淡饭，从不挑剔，而对天地对佛祖常怀感恩。三寸金莲虽愈发不听使唤，走起路来踉踉跄跄，仍常常念叨着上个什么山朝拜，这个最朴素纯真的理念恐怕只能是老人的一个梦了。

皓月当空，有风吹过，穿着棉大衣的躯体依旧感觉冷，夜已深了，于是往回走。至旅店不远处，发现那女子生生在门口张望，看见我们幽幽地走回来，紧张的神情一下子松弛下来，几分嗔怪几分温情。遂嘱咐，山上凉，把电热毯打开。店里人影绰绰，生意繁忙，仙境中的人间烟火依然浓重。

次日凌晨登金顶，海拔三千多米的华藏寺巍峨矗立，气势恢宏，山岚雾色依旧浓重，日出与佛光怕是无缘相见了，唯有千年古意荡漾在飒飒的风中。走进大雄宝殿，顿感几分凝重庄严，仰望那些塑造得栩栩如生的佛像，尊尊神态自然安逸。端坐一旁守着晨钟暮鼓终年诵唱的僧人，无不面带微笑，举止亲切安详。粗茶淡饭、宁静淡泊中，一代又一代的佛教徒，就是这样用自己的生命之火，铸造着一种超然一份辉煌。那是一份底蕴丰厚的文化，一种优美的境界。

香烟缭绕中，有悠扬的磬声响起，静静地伫立在高天之下，金顶之上，有风吹过，将我的长发枝丫般地高高扬起。此时此刻，我顿生一种渴望：就这样做一次风中的飞翔，让自己的灵魂尽情享受这一份生命的心旷神怡。

写意大宁河

大宁河，是一条神奇美丽的河，一条从远古走来，藏身于幽静的峡谷之河。两岸座座山峰都连着一串五彩的神话，道道峡谷都流动着无数动人的传说。那悬于天际、冰清玉洁的飞泉瀑布，苍翠欲滴的竹木山林，是一幅幅永远看不厌的山水画卷。

沿大宁河上行，少顷，便到了大宁河小三峡的第一峡——龙门峡。只见两岸绝壁对峙，高峡束江，天开一线，形若一门，横跨在龙门峡两岸峭壁之上的龙门大桥，犹如一道凌空彩虹。我为自然景观而惊叹，更为人类的创造力而折服。神思飘忽之间，柳叶小舟上的导游小姐兴意盎然，唱起了当地情歌："小妹妹要过河哟，哥哥来把舵，水悠悠、情悠悠，甜在心窝窝。"好个水悠悠、情悠悠，情景交融，浑然天成。

独处船尾，静享独处的温馨，看山间淡淡开放的野花，看峰间悠然缥缈的云雾，真想化一缕潇洒的轻风，做一颗不染纤尘的鹅卵石，无忧无虑、无烦无怨融入这青山绿水间。

临行，女儿将一颗硕大的柑橘装进我的旅行包，带了一路，一次次拿出来玩味。渴了，而小船上什么也没有，只好将橙红色的橘皮剥开了，甘甜清凉的橘汁犹如大宁河的秀色滋润着我。橙红的橘皮剥成花瓣，精心做个小橘灯，放飞于碧绿清澈的大宁河。欢快的浪花携着小橘灯远去了，望着望着心扉里竟浮动着丝丝离别的酸楚。

"船进银窝滩喽！"船头的老艄公一声悠长的吆喝。只见河道状如肘弯，急流奔腾，惊涛拍岸，船行其间，顿生"巴水急如箭，巴船去若飞"之感。过银窝滩不久，柳叶小舟便驶入了千奇万状的巴雾峡，两岸奇峰之间钟乳倒悬，云雾迷蒙，一座座自然雕塑栩栩如生。小舟一路飘飞，于恍惚之间靠上了一个小滩头，一位老者与一小伙儿相继上了船。

一老一少，真像一对父子，那憨厚质朴的小伙子，一双新做的布鞋两根红丝绳系着，一前一后工工整整搭在肩上。那么小心翼翼，想必是那双珍贵的鞋子背后珍藏着一个美丽动人的故事。问起那老者是不是他的父亲，他腼腆地摇摇头，手又下意识地扶一下那双鞋，脸色更有些泛红。这双鞋是河对岸仙桃峰下的仙女抛给你的绣球吗？见我穷追不舍，他脸更红了，更窘迫了。那么纯情可爱的大宁河小老乡！

老者手上一根长长的烟杖，外形类似手杖，但又具备了

旱烟袋的功能。沧桑岁月的磨蚀已使烟杖上的疙疙瘩瘩光滑
如玉。老者神情安详，面容和善，古铜色的皮肤上青筋根根
暴突，其神色形态酷似一尊凝重的雕像。

乡亲说，这老人曾是大宁河上有名的艄公，在大宁河上
搏急流，撑险滩，闯荡了一辈子呀。我心中腾起无限敬意，
想起远在故乡的父亲的慈祥，尽管这老者与我父亲的形象相
去甚远，却同样使我感到了在父辈面前的无限温暖，那是一
种动人的情怀。

此时，小船已行驶在大宁河小三峡最后一峡——滴翠峡，
小三峡中最长、最深、最秀丽的一个小峡谷。无限秀美处，
最是滴翠峡。翠木葱茏，岩影波光中，群猴攀缘嬉戏，野趣
无穷。

飘飘欲仙中，归途已在即。流连忘返，频频回首中，奇
迹出现了，在放飞小橘灯的琵琶洲附近，那小橘灯居然又悠
悠从我面前掠过。这奇怪的小东西，居然也懂得了人间的
无尽依恋，这巴山蜀水是你最美的归宿，无牵无挂地回归自
然吧。

小径如练，如飘飘荡荡的带子，系着大宁河两岸白云生
处绿树掩映的点点村落，农家田舍，白壁青瓦，神秘而充满
诱惑。多想走上岸看看那田园诗般美丽动人的世外桃源，无
奈舟已行进在归途之中，只能留下这无尽的遗憾了。

大宁河，一条高山峡谷中碧绿的翠带，一条永远使我魂
牵梦萦的梦境之河！

塞罕坝，美丽的坝

从承德一路逶迤到围场，山与山的夹峙之间有大片的河滩跃入我的视野。丰厚茂实的草丛里，有花的牛、白的马纵情其间，我一下子为之雀跃起来，以为这是到了围场到了坝上。过了好久也不见动静，车稳稳地奔驰在路上，不曾有丝毫的懈怠，而方才那一处草原风景也如昙花一现稍纵即逝。牧马与草场不见了，河滩上生长着成片的苞谷，庄稼很茂盛。

其实到了围场并不等于到了坝上，围场与坝上尚有很远的路。从棋盘山上坝的时候，有熟人与司机打的招呼简单而明了：上去啊？看来对于围场人来说上坝已是司空见惯之事，而对于千里迢迢而来的我来说，上坝的路，每一步都萌动着新鲜的感受。

上坝的路虽还没有铺柏油，但还算平坦，弯弯的伊逊河载着浪花伴我上坝。伊逊河的河滩上，有赤脚的孩子欢快地奔跑，那男孩手里捧着一个小篓子，那么忘情地奔向另一个孩子。难道是他从河里捕着鱼捞着虾了吗？便想起我年少的时候在河边，往一个小小的纱窗制作的渔网里边放上馒头一类东西，悄悄放进水里，久而久之，猛劲一拉，便会有各类小鱼翻腾其间呢！孩子的心啊，其实是相通的，大人们若都能以自己当年的童心看待孩子们的行为，或许代沟便浅了许多。

上坝了，车开始爬坡。在一个个弯与弯的转换之中，我感到了我们已从一个高度爬上了另一个高度。塞罕坝，那美丽的面容终于呈现在我们的面前。蓝天白云、青松白桦、茂草野花，集大自然千般娇美于一身的塞罕坝，从千里之外的大火炉里，一天一夜来到你这山川形胜、水草丰沛的清凉之地，我怎能不为你而陶醉呢？我的视线是不倦的，我不放过任何一个从我眼前滑过的风景，你瞧那白桦树的枝干是那么洁白，亭亭玉立。你想象吧，秋天，桦树的叶子黄了的时候，白白的树干撑起一片金黄，又会是怎样动人的一幅画卷呢。

走在坝上的时候，喜形于色，心溢满了愉悦。低低的穹庐似的天，湛蓝湛蓝的，一朵朵棉絮似的白云，飘浮在天际间，望上去那样赏心悦目。

忘情在塞罕坝深深的怀抱里，我望见湖光山色。一汪天然的湖水湛蓝湛蓝地倒映着远山近树、青草野花，美得摄人魂魄。湖里还放了鱼苗，一对夫妇在湖的边缘地带搭起了几间小瓦房，稀疏的篱笆墙上开满了紫色的牵牛花，院子里有金灿灿的向日葵。这对夫妇在湖里养鱼，还养了成群的灰鹅白鹅。鹅粪可做鱼食，鹅绒一年的收入也颇丰。在这风景如画的地方唱着这样的田园牧歌，我问女主人是不是觉得赛神仙。女主人美美地笑，跨进他们的小屋，灶膛里有红红的柴火燃烧，锅里蒸腾着白白的热气，屋里的每一个角落都弥漫着诱人的饭香……

陪我们的友人笑盈盈地说，给我们网些鱼上来好吗？那男人点点头，拎了个塑料桶转身领我们下湖。湖边有一叶小舟，那男人一点篙，小船飘飘悠悠向湖心划去，可连拉了几网都是空的。那男人显着一副很遗憾的样子说，让我们明天一大早就来，一会儿他在湖里摆上迷魂阵。迷魂阵果然很灵，第二天我们终于吃到了那湖里的鱼，真的很鲜嫩。友人说这湖里的鱼生长期很长，长得很慢，所以味道不一般。冬天，当大雪漫天飞舞的时候，湖上结的冰足有四尺多厚，他们就要扫去湖上的积雪，凿开湖上的坚冰，以防湖里的鱼会因缺氧而死去……

远处的松林间，有一小女孩提着一个圆圆的竹篮，寻寻觅觅，竹篮里满满的蘑菇肥美浑圆。一只非常漂亮的浅棕色小狗，紧紧跟随她的左右。这小狗定是她忠实的保护者。这时候她的母亲从屋里走出，甜甜地甩一声呼唤，那小女孩便欢快地提着篮子跑上了那条回家的小路。这真是令人羡慕的一家，他们在这美丽的塞罕坝上付出辛劳，收获幸福。

走近那条河的时候，我有些惊奇，就这一条不起眼的小河，却是源远流长。河面很窄河水却极深极清澈，显示了这一脉水系的自信和力量。就是这一脉细流成为一条自然的界河，成为内蒙古与河北两省区的分野。在塞罕坝苍茫的林海草原上走得太久了，仿佛走到了天的尽头。跨过界河，生长着茸茸绿草的大草原上，有蒙古族的老乡牵着膘肥的马，招揽客人猎骑。我这一生还从未尝试过马背上的滋味。年轻的蒙古族少妇牵着一匹枣红马悠悠向我走来，她的脸上写满了笑意，给了我足够的勇气，但我爬上马背的动作一定十足笨拙，我感到那马背很高很高。马儿载我走在大草原上，蒙古族少妇牵着马的缰绳在草原上一路小跑。虽然天气凉爽宜人，可我瞥见她的额头上渗出了细密的汗珠，有意与她聊起来，想寻找一些心理上的平衡。她指着远处蓝天白云下的蒙古包说，那里有她的家。我下了马如数付钱给她，她红红的脸上一双诚实的眸子里闪烁着足足的感激……

塞罕坝的夏天风情万种，如今已是雪花飘飞的冬季了，在这个寒冷的冬夜，窗外晶莹的雪花在寂静中无声地飘落着，我又一次痴痴地想那迷人的塞罕坝。此时此刻，塞北的雪一定早已飞舞在塞罕坝的上空了，林海雪原，银装素裹，好一派北国风光。

忙碌了一年的塞罕坝人，或许唯在这大雪覆盖的日子才能从心上闲一些。愿善良纯朴的塞罕坝人，架起旺旺的柴火，将小屋烘得暖暖的，豆腐酸菜粉条炖肉，小炕桌上烫上陈年老酒，度过一个暖暖的冬日。冬天不久就过去了，春天的脚步正在不远处。

追寻生命的绿意

　　走在围场县城那条长长的尘土飞扬的街上，我有一种沉沉的失落感。街的两旁难找一棵蓬勃的绿意，使我本就沮丧的心更加沮丧，我知道其实刚刚从坝上下来的我，对美丽的塞罕坝情未了、意未尽。我在寻找着新的机会与借口，我想再上塞罕坝，再去追寻生命的绿意。

　　终于等来了坝上林场的车，一位肤色黝黑的司机师傅采办完了所需的东西，来招呼我，我即刻背上行囊匆匆上车。坐定之后，司机便有几分诡秘地笑，笑得我有些发蒙，我困惑地望着他。他便说："你还真敢坐我车上坝，叮当乱响的破车！细细瞧瞧吧。"这还真是一辆不能再破旧的车了，连座位都歪歪斜斜的。而此时此刻我觉得这辆车就是天底下最好的车，因为它能载我去魂牵梦萦的坝上啊。

然而，车偏不作美，刚刚驶出县城的边缘，便响得像拖拉机，司机师傅瞅瞅坐在一旁不怎么发言的老科长，老科长无奈地摇摇头说："去咱林场大修厂吧。"在大修厂等修车的时光实在难挨，好在厂门前有弯弯的伊逊河银练般地闪烁在茂盛的草丛之间，河滩上有极圆润的鹅卵石，漫步其间，望远处高天上云卷云舒、清风散淡，我又获得了一种极好的心境。

走回大修厂的时候，瞥见两位女汽车修理工正忙得不亦乐乎，想必是一位师傅、一位徒弟。师傅的技术很娴熟，师徒两人在举手投足之间配合得是那样默契与自然。这是多么美妙的一幕啊，那年轻的女修理工虽满脸油污却明眸皓齿、青春洋溢，随意套在工作服里的花色衬衣是那样洁净清爽，处处透出女人的美丽与魅力。司机师傅就一直守在她们的左右，饶有兴致地与她们侃着什么话题，女修理工们眉眼间流淌着盈盈笑意。

车终于可以开走了，就在车将开出的时候，坐在车上的老科长忽然惊呼一声，随即下车匆匆向一个人走去，司机师傅大手一挥："嘿，老陈遇见他的师妹了，今儿中午有人管酒喝了。"

在这顿简单的酒席间，我焦灼不安的心渐渐被餐桌上的气氛沉醉了。这一对多年不见面的师兄妹，20世纪60年代初林业学院毕业后，志愿来到荒无人烟的塞北坝上。几十年风雨岁月的尘封，将他们之间那份自然的诚挚之情，酿成一杯浓烈而甘醇的酒。那已有几分醉意的师兄妹，神采奕奕、春风满面诉说着当年往事，在这位稳重的师兄面前，五十有余的师妹似乎又找到了那一份活泼与浪漫，推杯换盏透着对师兄的信赖与敬重。

如今她已是这大修厂的书记，我好奇地问起那些女汽车修理工，她的脸上洋溢着几分自豪："她们大多是我们林场职工的子女，三十余年的风风雨雨，我们是贡献了青春贡献了子孙的一代啊。"我的心底深处不由得升腾起阵阵敬意，我为这意外的收获而激动。

重新坐在这辆破旧的车里上塞罕坝，我对这车也同样充满了敬意，这车也像无数把青春奉献给塞罕坝的志士一样，在默默无闻中将最后一丝余晖奉献。阳光下的塞罕坝，青松白桦草地可真美，我深深呼吸着阳光的芳馨和花果的清香，我的一颗心似乎被融化了。

我们到了塞罕坝林场驻地，一个个小小的院落干净清爽，白桦树枝搭成的篱笆墙内，金灿灿的向日葵、火红的海棠，得意地显示着主人对生活的热爱与信心。司机开着车穿行一阵之后，在一个栅栏门前停下，老科长到家了。听见车的响声，院门吱吱呀呀地打开了，一条黄色的小狗急急地从门里蹿出来，摇着尾巴兴奋地嗅着主人的裤脚。胖墩墩的小男孩也歪歪扭扭地跑来，先是盯上了爷爷的黑提包，司机师傅将一个从坝下买来的大西瓜抱下，小男孩即刻又来抢着抱西瓜，却是力不从心。老科长很是开心地笑了，然后挥挥手就走进了那属于他的一盏灯火里，美妙的天伦之乐已缭绕在他的胸意之间。这些早已远离都市生活的人在塞罕坝这块美丽的土地上，过着平静朴实的生活，成了地道的塞罕坝人，就如一粒种子落地生根啊。

已是夜色沉沉，一轮金黄色的圆月悄悄地悬在天边，静静地吐着暖意。那轮又圆又明亮的月，仿佛触手可及。来塞罕坝，已是我久久之渴望，然而人却有许许多多的渴望是难以梦想成真的。就像那一年的初春，我真的想去陕北拜读黄土高原的大漠孤烟、长河落日、黄河九曲，品味陕北人的勤劳质朴。我一遍又一遍地想象着我梦中的陕北，想象着红兜兜白羊肚的陕北人的信天游。然而，我纵有千般的渴望，最终却不得不无奈地放弃。

生活在这个物欲横流的世界上，常常面临着许多的困惑与踌躇。我常常感到自己很笨，拙于应付各种各样的困扰，唯有跳出城市门槛的日子，才是我过节一样的日子，在大自然的怀抱里自由自在地放牧着心灵，那是一种在城市里永远都无法寻找到的缱绻情怀。

蒙古包前的草地上，篝火已熊熊燃起来了，那一串大红的灯笼，也不知什么时候通体透亮起来，挂在一根大木杆子上，真有几分乡村野店的味道呢。此时有虫儿的叫声自草丛里传来，有草的清香花的芳香携着一缕缕清风掠过，天地间一片宁静超然，真是一个月光如水、美妙至极的夜晚啊！

美丽的塞罕坝啊，你那苍茫的林海、肥沃茂密的草地、灿烂的鲜花和纯净透明的空气，无一不呈现出醉人的魅力，给我孤独寂寞的灵魂以如此美妙的陶冶与享受，让我的心中缀满了绿意。

春天的时候在西双版纳

感觉昆明的春天来得很温柔。不比北方的初春，那寂寞了一个冬季的枝枝丫丫、花花草草，再也耐不住那份凄清，急急地抽出油亮的嫩芽。在人们不经意间，短短几天的微风吹过，抬眼间已是满目葱绿了。

春天的一个上午，我们这一帮从天南海北来的文学人走在昆明的大街上，去赶开往西双版纳的车。太阳有些灼热，又提着箱箱包包诸多物品，感觉上有些累人，街上的行人又不断地将我们的队伍冲散。走在最前面引路的宁莉见状，将手里的一束玫瑰高高地举过头顶，不无幽默地说："玫瑰队伍请跟上。"这一声颇具情调的幽默，将我们有些零乱的情绪提足了几分。看来，无论何时何地，玫瑰总是让人感觉温馨。

我站在车的过道上，散漫地望着渐渐各得其主的铺位，最终将自己置身在车尾的上铺，然而爬上去之后，我可有些发怵了，这上层的卧铺，身子是不可以坐直的，头是不能舒畅地抬起的。这一天一夜的路程，要我时时"卑躬屈膝"，何其难受。平时最怕做的梦就是钻那些低矮漆黑的洞，潜意识里常常涌动着对压抑的惧怕。因此，我虽钟情山山水水，却唯独不爱观各种各样的溶洞。

车徐徐启动，静下心来观望我的左右，那手持玫瑰一路引领我们的宁莉也在车的尾部，可爱的脸上洋溢着春城撷来的缕缕春风，她挚诚与浪漫的微笑，深深地浸染着我，顿然荡去我的种种矫情。

一天一夜的漫漫长路，在云南这块神奇的红土地上开始了。白天的时光有窗外青碧碧的山水、窗内朗朗的欢声为伴，很快就过去了。夜来临了，所有的风景都悄然隐没在无边的黑暗中。漆黑而漫长的行程中，车好不容易在祈盼中停了下来，睡意蒙眬的这帮人在黑暗里摸索着穿鞋子，鞋子几乎乱了套，摸着哪只穿哪只，踢踢踏踏下车方便。女伴们常常想走得远些，可黑灯瞎火的荒山野外又怕冷不丁被山间的一种什么东西叼去。互相开着玩笑，在嬉笑中壮着胆子，偶尔有对面驶来的那两束贼亮的车灯闪过，一声声尖叫便划过长长的夜空。这个时刻，人显得那么真诚而可爱。

日暮黄昏时分，终于走进了那块我梦寐以求的土地。走在长满了棕榈树、芭蕉叶的大街上，望着扑朔迷离的灯光，一种奇特超然的宁静、一份久违了的古朴温馨自心底油然而生。在一个陌生的小店里，在一盏闪烁的灯下坐了，吃一碗柔细的米粉，佐料是红的辣、绿的鲜、棕的麻，五颜六色，一应俱全地摆在面前，依据口味的不同，可多可少任你自己取放，店主不曾有丝毫心疼模样。一碗米粉酸甜麻辣香，直吃个通体顺畅。抹抹嘴儿，与店主聊天，店主热情地回应，即刻有一种生命的恬淡。带着这份畅快，又走一段，得寻个缝纫小铺面修一下挎包的背带。女店主看了看后，极专心地从一堆小布片里对着挎包带儿端详，翻来翻去，很费了些时光。那一块顺了颜色的小布，被精心地缝制成了细带儿的模样，完美地接在挎包之上。这就是西双版纳留给我最初的印象，美丽且祥和。

在西双版纳杏坛宾馆一夜高枕之后，傣历1359年的新年已悄然而至，令我们称奇的是，傣家人将新年操办得如此热烈隆重。那种诱人的年味，是我们儿时才有的感觉。美丽的澜沧江边，人如潮歌如海，那一把把姹紫嫣红、极富民族特色的花伞下，傣族的少女各个身着漂亮艳丽的服饰，那柔软的腰肢、婀娜的身姿，亭亭玉立。我们这些好动感情的文学人，一跃入这片欢乐的海洋，心智似乎一下子就迷失了方向，竟各自四散而往、踪影难觅了。

太阳在空中也逐渐热辣起来，我悄然站在茂密的竹林间，感受着傣家人发自心底的快乐。一旁有傣族人家撑起的遮阳伞，伞下有傣家的老老少少围坐其间，走过去攀谈，傣家的主妇待人亲切自然，普通话虽不太标准，却也可听得真切。她说，今天十里八乡、村村寨寨几乎家家都来。谈话间从摆满各种吃食的浅筐里，她拿了一个芒果送我，当我握着这个芒果，感觉一下子有些奇妙，那金色的芒果，具备着那样优异的质感，丰腴而圆滑，线条是那样流畅自然。这在前些年的北方可是少见的水果，我最初知道芒果，是多年前从一枚带有芒果的毛主席像章上见到的，芒果在我的心中是神圣而极具神秘色彩的，觉得它是只配献给毛主席的珍品啊。当时拥有那枚带芒果的毛主席像章，我觉得自己拥有了一件令人艳羡的宝物，拿出来给一位叔叔显摆，那位叔叔也爱不释手，想据为己有。我和母亲一下子急了，两个大人，加上我一个小孩，直争夺得面红耳赤，气冲牛斗。我至今清楚地记得，我是如何拼命掰开那位叔叔一双紧攥的手。那一份虔诚如今看来傻里傻气，却是溢自心底。就像这些在燥热的阳光下，满面春风的傣家人，携儿带女来到澜沧江畔欢度新年，其欢乐同样发自内心。人是需要这份至真至纯的真滋味的。

傣历新年的第三天是泼水的日子，这帮人一大早又忙着找盆找罐找衣服，泼水节真是个神奇的日子，傣家的大街小巷整个沐浴在水的世界里。小心翼翼走在大街上，却冷不防水花飞溅，万顷水柱从天而降，拇干挂在脸上的串串水珠，抬头仰望，楼上的窗子里一个红红的水桶得胜似的正在四下张望。街上所有店铺里面接着长长的水龙头，准备着随时出击，也随时向过往的路人泼水，那路上行走的汽车尽管门窗紧闭，却也被泼得水淋淋的。人山人海的春欢公园，一个个更是被泼成了落汤鸡模样，却儿童般地兴致高昂，绝没有懊恼与指责，清澈的水尽情地泼，洗去郁积的污垢，冲走心灵的界障。几个傣家妇女已把州长高高地抛起，然后那一柱柱白色的浪花毫不顾忌地洒向她们的州长，州长在开心地笑，周边的傣家人也在笑，一切是那么畅快淋漓、和谐自然。

这一刻，尽可放飞你的灵魂，在这个水的世界里，宣泄你的情感，让所有的忧郁在飞溅的浪花里释放。

西双版纳，神奇而美丽的土地。傣族，古老而善良的民族。泼水节，浪漫而潇洒的狂欢节。我怀一颗朝圣般的心，将你的真情真意真滋味，永远养育在我的神话里。

秋走武陵源

那一年在武陵源，我沿着亦真亦幻、妙不可言的金鞭溪，走在武陵源的山水画卷里。金鞭溪就是武陵源用心泉淌出的银色溪流，款款奔流在奇峰秀谷、林木葱茏间。掬一捧清澈的泉水，甘甜清冽，滋润着我焦渴的灵魂。

尚是初秋时节，溪边弯弯的山道上，几片红红的叶片暗自飘落，带给我的视线几点耀眼的亮色。我捡起几片最早被秋风濡染的飘落的树叶，红透了的叶子是那样美丽动人，我心中充满了怜爱。不解风情的小挑夫忽然大声对着我喊："捡它做啥？这最早红透最先落下的叶子，其实都是有病的叶子。"我的心微微一颤。这美丽的叶子，就是一片片过早飘逝的生命，犹如薄命的红颜。

将那些美丽的红叶放在溪边小饭店桌子上的时候，老板娘也好奇地望着我。在这个山间小店一顿饱餐之后，我竟然将那些美丽的红叶遗落在那里。我为我的疏忽遗憾了许久，那老板娘一定会在不经意中又将它们抛向了四野。

带着淡淡的惆怅，我们到了水绕四门，此时已是日落黄昏。住在一家私人开设的旅店，上下二层楼，古朴典雅。但不知为什么，当我走进那个暂时属于我的单人客房时，即刻有了一种恐惧感。尤其是那张独特的南方老式雕花木床，非常严实地吊着一花布帐子，我几乎不敢正眼望一下，担心那雕花床下是否会有可怕的东西突然闪现。那些在电影电视上看见过的恐怖镜头闪过，我感到十分忐忑与不安，在无边的黑暗中，我感受到出门在外的孤独与恐慌。时间在一分一秒熬过，我终于度过了那个难忘的夜晚。凌晨时分，已有雄鸡报晓，我急急地起身走出门外，只见远远近近的峰峦缥缈在晨雾之中。山间有鸟儿鸣唱，溪边有人影绰绰，一派宁静与祥和，悬了一夜的心才放了下来。

小挑夫已早早地起来了，他在催我起程："上天子山，路还好远呐。"仅昨天一天的工夫，小挑夫已与我们混得很熟了。这一刻他站在门口，像个老朋友一样地望着我。这个小挑夫白白瘦瘦的，很有几分书卷气，在那一群黑黑壮壮的挑夫汉子中间，是一副很落寞孤单的样子，选择他与我们同行帮我们挑着不太复杂的行装，倒也挺适合。

然而想起昨天我们同行伊始的一幕，就有几分沉沉的愧意泛起。当武陵源美丽的山水画卷在我们的脚下一步一景地铺展开来时，心在一路忘情地欢呼雀跃，步履匆匆间虽两手空空却气喘吁吁。小挑夫一根竹扁担挑着我们的行装仍快步如飞。固有的戒备心理，使我们在一路望山望水望风景的时候，却也忘不了望那个小挑夫的踪影。这个时候，小挑夫总是远远近近地给我们一个善意的微笑，那微笑中透着一个农家子弟的真诚与质朴。

在黄狮寨脚下，我们吃午饭，吃得又香又甜，不尽兴又买了一份。当我即将吃完第二份的时候，我瞥见了孤单地坐在林间的小挑夫，望见了小挑夫窘迫失望的目光。我问他为什么不吃饭，他说他不饿。这个瘦弱的农家子弟要饿着肚子，为我们挑着行装，跟着我们奔波在山路上。我的心便有些恍然，活生生的一个人，哪有不饿的道理？我从旅行包里将一些充饥的东西拿出来给他。他沉默着接受了，静静地坐在路边的一块大石头上吃。看得出他是饿极了，然而在我的目光下，他却尽量放松，尽量使自己吃得慢一些。望着这个小兄弟一般的武陵子弟，我的眼睛有些潮湿。一天三十元钱，如果加上一日三餐必是所剩无几，他就只有默默等待着客人的施舍……

此刻，我们走在登天子山的路上，天空中飘起了蒙蒙细雨，缥缈的云雾氤氲在弯弯的山道上浓得化不开，只能一个台阶一个台阶地摸索着走，石阶层层如悬于云中的登天云梯。这雾气给美丽的秀峰奇岩蒙上了一层洁白的面纱，虚虚实实，恍若梦境一般。

　　登上天子山的时候，已是云开雾散。山的顶部平坦而略有起伏。然令我惊讶的是，山的顶部居然有疏落的秋田。前边的小挑夫踩着有几分沉重的步履穿行在玉米的秸秆中间，我紧走几步追上他，想问问他的家境。小挑夫说起他家的时候，脸上即刻溢满了幸福，他说他刚结婚一年多，再干一个来月，天冷了他就回家去，因为那个时候他就要做父亲了。因为家境不太好，他要尽量多挣一些钱，好使他的妻儿过得好一些。他说这话的时候，真的使我很感动，那一份对妻儿来自心底的牵挂是那么真诚。

　　从仙人桥走下来，我有几分心惊胆战，在这座凌空于万丈峡谷之上的天然石桥上，只要一个闪失便会失足成恨啊，若没有小挑夫热情大胆的鼓励，恐怕到了它的脚下，我也不敢去领略那近乎冒险的风景。在这座奇特的天然石桥一侧，我为这个小挑夫拍了一张照片。小挑夫很认真地写了一张字条，上面有他的地址，显然是寄给家乡妻子的。可惜这张小小的纸片在刻意留了一阵之后终究不见踪影了，而小挑夫的照片不知为什么也没能从我的胶卷中洗出来，这使我又一次感到歉意。

　　告别武陵源，告别小挑夫的时候，不知他从哪里买了几个黄澄澄的橘子送我，我不忍收下又难却他的好意，就拿了两个。风风雨雨中，挑夫脚下的路是漫长的，挥挥手，小挑夫走到了暮色苍茫的天地交汇处。

　　但愿我再次走进武陵源，能在这幅美丽的山水画卷中再次寻找到他真诚的微笑，但愿他在奔波劳碌一天之后能挣得多一点儿，好实现他美丽而简单的愿望，为了他心中的娇妻和爱子。我将在记忆的影集中，以最好的版面珍藏武陵源的山山水水，珍藏你——武陵源中的小挑夫那朴实无华的身影！

走向千岛湖

　　从屯溪出发的时候，天空中尚有几颗星辰闪烁，一轮冷月，就那么沉静地悬于天际。车窗外的世界一片寂寥，田野大地仍在沉睡之中。于这样和谐的宁静之中，我闭上眼睛，又一次想象着我梦中的千岛湖。

　　对千岛湖的牵挂，来自千岛湖归来的朋友一句真诚的赞叹，来自报道千岛湖事件时，电视屏幕上千岛湖全貌的一闪。就那么一闪，便使我怦然心动倾心于它，千岛湖便这样挥之不去地萦绕在我的心间。

　　车在朦胧中稳稳地疾驰在平坦的公路上，或许只在片刻之间，在地图上曾指点了许久的千岛湖，就会真实地呈现在我的面前。

　　梦想成真，我终于站在了深渡镇的土地上，小街上已隐约有小饭店的主人们在张罗着起灶。深秋的风从新安江的江面吹来，真有几分凉了。于是，热汤热面吃完喝完之后，急急地奔向码头，踏上了最早的一班旅游船——黄山三号。上了船定了定神的时刻，一幅美妙绝伦的风景画已在不知不觉中飘然向我展开。

新安江，那么羞涩迷人地披着柔细洁白的面纱走进我最初的视线中，江面上氤氲着苍茫的雾，丝丝缕缕在依稀升起的七彩霞光中流动，时涌时散，变幻莫测……

云雾缥缈的远处，闪出一叶孤舟，上面有一位渔翁，悠然垂钓在江面上，一只大大的斗笠几乎遮住了他的大半个身子，使我望不见他的神情。"孤舟蓑笠翁"，这是怎样一种充满诗情画意的境界，一种纯净怡然、平静祥和胜过了我心里心外的一切。想起从前，对那些永具艺术魅力的古山水画卷的万般憧憬，庆幸自己今天终于有机会走进这一幅画卷之中，深深感激大自然的无私赐予，感激古代的艺术大师们给了我丰厚的陶冶与启迪。

我仍沉醉在美妙的意境之中，江风沙沙而来，很是动听。太阳似乎在一个瞬间便升了起来，江面上那空漾的雾淡起来，蒙蒙的江面上已有点点白帆轰鸣而来，世界仿佛从沉睡中醒来。下了船的人们，很快就做起了生意，码头边的空地上颇有几分闹市的氛围，然而买卖做得很有几分悠然的情调。瞧，那大斗笠下的汉子，手上仅仅拎着几条鲜活的鱼，有些不紧不慢，那扁平的鱼满身是花儿，非常漂亮，他简单地用一种什么稻草或水草一类的东西穿起来。我望着他，视线一刻也不曾移开，这亲切感源自儿时的一册小人书，那上面就画着这样一位披蓑戴笠的渔人，手上拎着用草穿在鱼嘴上的鱼串，那渔人那鱼曾给我无尽的诱惑。我们小时拥有的画册，一共就那么几本，翻来覆去地看，印象自是深刻。

那渔人仍悠悠地等待，我很有兴致地说给友人，友人说那是千岛湖里的鳜鱼，漂亮而味美。

忽而不见了友人，回到船上时，那渔人的一串鱼已拎在了他的手上，他说中午让船上餐厅做了吃，反正我们在船上有一整天的时间呢。

我将漂亮的鱼拎在手上，细细观赏，心想偌大个湖，那渔人捞着它，也实在不易。

从未真正走近渔人的我，自以为渔人的生涯是很具风情的，尤其是江河湖泊上的渔人。那几条鲜活的鳜鱼在我的手上一阵乱动，似乎想挣脱。这鱼方才还在湖水里自由畅快地游动，这样一想，不由得心下一悸，迅即将鱼递给了友人。

江雾渐渐淡去，江的对岸，山影、树影，渐次分明起来，星星点点的村落瓦舍间，已有缕缕炊烟飘浮。码头上更加热闹，那新鲜的扇扇猪肉、活蹦乱跳的鱼虾、绿油油的蔬菜、黄澄澄的柑橘，无一不显示着这一带物资的丰实。

又是一点白帆款款而来，这时的码头上，停靠的船位便有了几分紧张，船家几次努力都未能靠上码头。便见船上一年轻女人点一长篙在船头左拨右挤，终于靠上了岸，待到船上人散尽的时候，我才发现，这是一条属于三口之家的运输船。恩恩爱爱的小两口，忙着收拾船上的东西；毛头毛脑的小家伙，船头船尾窜来跳去，好不快活。真羡慕他们一家三口，生活得这样自在而充实。

望着这美妙的一幕，心底却生出了几分凄清——农人们面对的希望是实实在在的土地实实在在的收成，渔人们面对的是船是帆是鱼；而在这个日益嘈杂的城市中，我时时面对的只有寂寞与无奈、焦灼与困惑。我真的渴望逃离城市的门槛，逃离那些闪闪烁烁的目光，捉摸不定的心机，亲近自然、忘情山水，去寻找精神家园中那一缕明媚的阳光……

"黄山三号"终于出发了，船上又陆续来了些游客，又恍惚看见一群年轻人从船上跳了下去。船徐徐离开了码头，那群年轻人便呆呆地望着渐渐离去的船，欲言又止，其中的几人倒是又鼓起勇气，向悠悠移开的"黄山三号"扬起了手。刚刚走进船舱的老艄公，愤愤地自语："不拉他们，给一百元也不拉了。"想必这几人刚才在讨价还价的过程中，一定做得太过分，惹急了船家。

望着岸上那几个渐渐模糊的身影，感受着他们怅然若失的心境，我一路上都在替他们遗憾。船家说："这是今天唯一能再返航的船了。"错过了这班船就错过了今天，何必那么认真呢，退一步海阔天空，千里万里风尘仆仆而来，不就是为了去千岛湖，去一睹那千岛湖仪态万方的风采吗？几元钱之争，就坏了一路的好心情，也太不值得了。

"黄山三号"在加速，我独处船尾，望着那翡翠色的江面上急速翻卷的浪花，默默地在心底唤一声：千岛湖，千里万里我来寻你！

美在千岛湖

坐在船上放眼望去，美丽的江面上弥漫着白色的雾，轻纱似的涌来散去，缥缈不定。两岸是黛青的山影，山间有迷迷茫茫的村庄闪现。这一刻，我的心也有些迷茫，我有一种在走三峡的感觉。其实，这不是三峡，是新安江。在深渡镇的小码头上，当我第一眼望见朦胧的江面时，我就惊呼起来，我以为已到了千岛湖，其实我们刚刚走在去千岛湖的路上。

走在千岛湖的路上的时候，我就已经沉醉了，沉醉在这幅长长的山水画卷里。江上有轻轻的风儿吹来，将浓浓的江雾吹得淡起来，一叶叶孤舟泊在靠渡口的地方，无声地写意着一幅幅"野渡无人舟自横"的意境。

站在船尾望着浪花飞卷的江面，想着这江这水、这山这树，已是如此之迷人，那千岛湖呢，它又该是怎样一副模样呢？空荡的江面上，不时有渔人的小船闪过，我拿着相机对着他们，小船在我的镜头中越飘越远，远成一个又一个黑点。

清波碧流之中，山傍水立、水随山转、千折百回，苍松翠翠、竹影重重，真像走进了一首含蓄婉转的抒情诗里。我的痴迷使船上的老艄公似乎感到了异样，他已在悄悄注目我了。朴实的老艄公，戴着一个硕大的斗笠，江风江雨的滋润使他刻满了皱纹的脸上写满深沉与凝重。我惊慕他洪钟般爽朗的谈吐，更敬佩他细腻如春雨一般的善良。他见我从一上船就独自默然坐在船尾，以为我有了什么想不开的事情呢。望见他的那一双充满善意的眼睛，我的心感到一阵亲切。

江面上起风了，风起云涌，雪浪花大起来。老艄公笑意盈盈地说，千岛湖就到了。

哦，千岛湖的美丽瞬间就出现在我的面前。烟波浩渺，柔情脉脉，翡翠色的湖水，那样碧澄透明，大大小小千余个翠绿的岛屿，似大珠小珠般稳稳镶嵌在碧绿的湖水之中。湖光山色，飞瀑流泉，与青山绿树一道那么纯真地展示着生命的原色。走上千岛湖鸟岛，岛上有成群的鸟儿飞翔，它们在这里自由自在地栖息繁衍，多么幸福。走上蛇岛的时候，我有几分胆怯，小心翼翼地选择着落脚点。蛇岛上纯朴的美丽姑娘却无所顾忌，她们将蛇抓在纤纤细手上，犹如握着一条软软的绳子，神情竟是那样恬静和坦然，我想这多半源于千岛湖的宁静。宁静是一种美丽的境界，年年岁岁，她们在这种美丽境界的陶冶下，获得了如此的胆气和平和的心境。

淡淡的阳光很温暖地照耀着我，这真是一个难忘的灿烂的秋日。太阳已渐渐西斜，眼前的一切开始变得朦胧起来。渐渐地，远远近近的山间村庄开始有灯火闪烁起来。风凉了，山模糊了，水迷茫了，我不得不钻进船舱。那黑黑瘦瘦的老艄公坐在船舱里望着我微微地笑，我走过去，感到那老人很亲切。他说他十七岁上船，已在这新安江上风风雨雨度过了四十多个春秋。他曾是一位地道的纤夫，在新安江边崎岖的山路上拉了七年的纤。他是我平生见到的第一位纤夫。

这个黑黑瘦瘦的老人，说起话来底气十足，笑起来坦诚而爽朗。他说如今拥有大片的茶园橘林，闲不住啊！他舍不得这山这水这湖。江风江雨四十多年，朝朝暮暮，不曾厌倦。老人那份崇尚自然之情可谓刻骨铭心。

不时有灯影桨声一闪而过，别了，美丽的千岛湖，我想有机会我会再来重温这个美丽的梦。走下船舱的时候，我握住了老人的手，那是一双长满了茧子却温暖无比的手……

青山秀水美金东

　　到达金华的时候，已是夜幕时分。走出高铁站，坐上汽车开始穿行在金华的大街上，我看到璀璨的灯火流光溢彩，就恍若穿行在梦中。这座城市繁华又不失从容，热闹却又不喧哗，这就是金华留给我的第一印象。

　　其实对金华印象深刻的缘由，还是驰名中外的金华火腿。许多年前父亲到金华出差，为我们买过一根硕大的金华火腿，那火腿的形状常常让我想起小提琴。在那个物质相对匮乏的年代，我们家忽然拥有一根完整的大火腿，是一件很幸福的事情。它在厨房的墙壁上挂了好长时间，因为母亲不知道怎样去烹饪。但那种被烟火熏过的熟肉一般的质感，给了我无限的想象空间。不仅可以在一个个瞬间口舌生津，还可以凭着这种感觉，为当时的粗茶淡饭增加些许滋味。后来父亲把那根大火腿一块块地切开了分送给亲朋好友，而留下的那几块，也因为我母亲厨艺欠佳以及南北饮食文化的差异，并没有品尝到金华火腿应有的味道。

收回飞扬在车窗外的思绪，位于金华东部的金东区到了。金东区成立于 2001 年，是人民音乐家施光南、诗坛泰斗艾青的故乡。这里拥有得天独厚的区位优势，西接金华城区，东邻义乌，南连永康、武义，是浙江中部城市群的核心区，所有的乡镇都与较发达地区相接且分布均衡。没有特别偏远的山区，没有特别薄弱的乡镇，是全省"千村示范，万村整治"美丽乡村建设先进区。听着当地朋友充满自豪的介绍，对金东之行更加期待。

已是阳春三月，春意正浓，金东的青山绿水美不胜收，洁白的百合花盛开着，娇艳的牡丹雍容华贵、国色天香，一片花的世界花的海洋。而更浓的春意则洋溢在金东人的心底，脸上是那份掩饰不住的幸福与美丽。

走进后溪村，脚下的路仿佛步步都有历史的回声。这座八百多年前就已存在的古村落，因为远离交通要道和繁华城市，目前村里依旧保存着二百多座数百年历史的古宅。这里的古建筑既有做工精致的青砖古宅，也有冬暖夏凉的黄泥房。原有的村落布局结构没有变化，路网系统保存完好，也保存着比较完整的生态水系，被誉为金华山地原始规划最生态、最平民、最完整、规模最大的古村落，拥有极高的历史文化和建筑价值。

将近吃午饭时分，古朴宁静的后溪村，灿烂的阳光普照大地，古街上的人不多，但是在太阳召唤下，一些老人坐在街角享受着阳光带来的温暖，还有的乡亲选择端着饭碗聚在一起，一边聊一边吃，饭菜的香味飘溢在古街的每个角落，多少年前曾经历过的那份热闹和融洽，今天在后溪村依然存在，这是多么和谐美好的生活。

在后溪村，总能闻到一缕淡淡的花香，若有若无地飘过来，那幽香究竟来自何方呢？循着香气一路追寻过去，竟是桂花，不是说八月桂花遍地开吗，现在可是阳春三月。我围着一棵桂花树欣喜地看着，那桂花树繁茂的枝叶间开着米粒一样淡黄色的花朵，虽不似秋天那样肥硕，但其香味更加清纯。朋友说这是四季桂花，四季飘香，夏秋两个季节芳香更加浓郁，春冬微有香气。

"暗淡轻黄体性柔，情疏迹远只香留。"

喜欢桂花的清香，爱慕桂花的情怀，可惜自己生在酷暑严寒的北方，永远无法享受四季桂花飘香的那份美好。

在江南美妙的春色里，伴着一路桂花飘香，我们一行来到人民音乐家施光南的故里——金东区源东乡东叶村。在施光南的故居，那座经历了百年沧桑的老房子，却并不显得太沧桑，白墙黑瓦，前门厅后花园，非常紧凑完整的三合院式院落，尽管早已是人去屋空，却依然有些诗意与歌声漫来，"在希望的田野上……美酒飘香……"那些嘹亮的歌声、优美的旋律，仿佛就在耳边回响。环顾其故居的一砖一瓦、一草一木，不禁心生崇敬之情。就是从这样一座江南院落，走出施复亮、施光南父子，他们是普通的农家子弟，却凭着自己的努力成长为时代名人。

1976 年施光南创作了歌曲《周总理，您在哪里》，那个时候我年纪尚小，但对这首歌印象非常之深。有一次和哥哥坐在院子里的小方桌前等着吃晚饭，听见高音大喇叭声里播放这首歌，歌里的深情深深打动了我，坐在那里一动不动，静静地听着听着，竟想掉眼泪。无论男女老少，对周总理的感情太真挚了，对周总理的逝世太伤心了，这首歌唱出了全国人民的心声。我至今都难忘那一幕。这就是音乐所能表达的艺术本真和感情火焰。已经当选为中国音乐家协会副主席的施光南，不幸英年早逝，成为中国音乐事业上巨大的损失。

享受了音乐的陶冶和洗礼，心境纯净而美好，朋友说我们去桃花源看桃花吧，那里素有"中国白桃之乡"的美称。漫步山林，满目盛开的桃花，在枝头争奇斗艳，微风吹过落英缤纷，真的犹如世外桃源。可以想象秋天的桃花源一定是仙桃满枝、瓜果飘香的另一种美景。

夕阳西下，天边的云霞在夕阳的映衬下美轮美奂。金东一天的行程也接近尾声了，在一片云蒸霞蔚的陪伴下，我们去坡阳街上去吃豆腐宴。纯纯的豆浆，嫩嫩的豆腐脑，味道醇厚的老豆腐，十余道菜都是以大豆为原料，在厨师的精心烹制下，演绎出千变万化的滋味，营养而又味美，让我们的舌尖尽享美好。

一方水土养一方人，勤劳智慧的金东人民，世世代代生活在这片热土上，使这块古老的土地不断焕发新的生机。

水圣洁，花含情，青山绿水美金东。喜欢金东这块热土，喜欢金东人民脸上那份美丽的笑容，金东就这样悄悄留在我的记忆深处，散发着恒久的芳香。

诗情画意美合川

许多年以前，一直生活在北方小城的我，从来不敢吃辣椒，在我家的餐桌上，基本是米粥、馒头、咸菜之类的北方家常饭菜，辣椒很少出现在我们的食谱当中。早年听说四川人一日三餐都离不开辣，一时还觉得是一件极不可思议的事情。直到工作之后有机会去四川，遍尝了川菜的好滋味，便开始对辣椒情有独钟。所以，去一次以麻辣美食著称的重庆，便成了我心中久久不能忘却的梦想。这个愿望，终于在这个火辣辣的夏天即将来临的时候，实现了。

虽是一路高铁，却也旅途漫漫，到重庆时已是黄昏。被合川的朋友接上，在山城高高低低、起起伏伏的路上飞驰，到达合川的时候，已是夜色深沉。下车之后，迎面而来的是混合着麻辣味的潮湿空气，和嘉陵江边那一片璀璨的灯火。

在第二天的全国散文名家合川行活动的启动仪式上，合
川的区委书记、区长、政协主席一并莅临，彰显出合川区
委、区政府对推介和宣传合川的重视程度。简短而隆重的启
动仪式之后，在合川朋友兴致勃勃的引领下，沿着一条弯弯
曲曲的小巷，我们走进位于合川老城区文华街的卢作孚的故
居。曲径通幽，小巷的深处是一座古香古色的老宅院，看上
去规模并不大，却诞生并培育出卢作孚先生这样一位著名的
爱国实业家、教育家和社会活动家，成为从合川走向世界的
一位杰出人物。卢作孚毕生致力于创办民生、激荡江川、抗
日救亡、实业救国，是中国近代史上举足轻重的人物之一。
我在一幅幅珍贵的图片和文字介绍面前驻足，敬仰之情油然
而生……

走出小巷，在路边的一座不大的门楼里，我看见一位老
人正坐在桌子前准备午餐，洗净切好的菜已经被逐一放在竹
筐里，碧绿的空心菜、饱满的芸豆角，还有一盘红红的辣椒。
虽然已近迟暮之年，老人却依然精心地打理着生活的细节。
老人和善的面容在红辣椒的映衬下，闪烁着几许光泽，真实
而自然中透出幸福和满足，我久久地驻足观望，心生感慨。
不经意间和她目光相遇的那一刻，性格爽朗的老人给了我会
心的一笑："来看卢作孚的故居？他是我们合川的骄傲，是值
得我们尊敬的人啊，了不得。"她开口说出的是一连串地道的
重庆话，抑扬顿挫中，那份掩饰不住的自豪与爱戴之情，我
心领神会。

下午登上合川著名的景区钓鱼城的时候，天下起了雨，

雨点浓一阵稀一阵打在雨伞上，也打湿了雨伞外的一切风景。来合川之前，以为钓鱼城一定是个与垂钓有关的去处，却不料钓鱼城更为著名和传奇的地方，是与七百多年前的一场战争有关。

合州之战，亦称"钓鱼城之战"，是南宋与蒙古战争重要战役。宋、蒙战争开始后，经多次战役，南宋四川州县大多残破，难以抵挡蒙古军进攻。淳祐二年余玠任四川安抚制置使兼知重庆府，次年采纳冉琎、冉璞建议，于钓鱼山筑钓鱼城（今重庆市合川区东），移合州州治于此，屯兵聚粮，为必守计。宝祐六年蒙古蒙哥汗亲率大军入川。开庆元年二月进围合州。宋将王坚守城力战，蒙古军伤亡甚大。七月蒙哥汗死（或说攻城时中飞石受伤死），蒙古军撤退，钓鱼城解围。（——摘自《辞海》）

朋友介绍说，在今天的中国人民革命军事博物馆古代战争馆里，有一个展示那场著名战役的沙盘模型——钓鱼城遗址模型。解说词是这样评价钓鱼城的："钓鱼城阻山为城，带江为池，形成了十分完善的山城防御体系。"钓鱼城是国内目前保存最为完整的古战场遗址，因其筑于钓鱼山上而得名。

细雨霏霏中，沿着古老的青石板路漫步钓鱼城，当年金戈铁马的战场，而今鸟语花香风景秀丽。古城墙上斑驳的青砖长满了厚厚的青苔，堆满了历史的尘埃，我的目光在这些苔藓和暗绿的草上抚过，脚下仿佛被钓鱼城厚重的历史勾留，不禁为当年钓鱼城勇士们的壮举而慨叹。无边衍生的思绪，让我四顾的目光穿越时光隧道，与远去的古人做一次短暂的情感交流，与消逝的岁月做一次温暖的相拥。然而历史的硝烟早已散去，滚滚的硝烟过后，是我们今天幸福安康的生活。

在钓鱼城中央南端，矗立着坐北朝南、依山傍水的护国寺。护国寺虽然建于唐代，寺名本取意于佛教的"护国"思想，然而却与钓鱼城"独钓中原"的丰功伟绩珠联璧合。

护国寺内那株八百年的桂花树最为引人注目，历经岁月的沧桑与战火硝烟，这棵古树却依然枝繁叶茂，生机盎然。

桂花在北方少有种植，却是我深深爱着的植物，那"桂子月中落，天香云外飘"的芬芳，多么令人沉醉。虽然还没有到桂花飘香的季节，但是站在这棵"叶密千层绿"的桂花树前，完全可以想象得到秋天的古桂树将是怎样的"花开万点黄"。

走出护国寺的山门，一位瘦瘦的山里汉子正在叫卖李子，他面前的竹筐里堆满了李子。那些刚刚摘下的李子，有的青，有的已经泛黄，是那种淡淡的黄，皮上还落着一层薄薄的白霜，看上去很是新鲜。看见有人围上来，那瘦瘦的汉子忙着说："山里野生的，甜，可甜了。"或许是有几分口渴，尝了一个还真的很甜，几乎没有酸涩的味道。好多年不吃李子了，这满含清香甘甜的李子，让我一瞬间又重拾旧梦。

带着温馨的旧梦，我们来到幽静的古镇草街。这座嘉陵江边的小镇，前依嘉陵江后傍凤凰山，风光秀丽。引人注目的是凤凰山麓上的那座古圣寺，更是充满传奇色彩。古圣寺建于何时已不可考，当年的这座乡间小寺，香火并不旺盛，和"圣"字也不沾边。但是在抗日战争期间，这里成为一座教育的圣殿、民主主义的丰碑，在中国近现代革命和教育史上留下了浓墨重彩的篇章，使其无愧于"古圣"之名。

早在 1939 年，经卢作孚先生大力推动促成，在中共南方区的帮助下，一所以收容和教育战时难童为主的特殊学校——育才学校开学了，校址就选在凤凰山麓的古圣寺。校长就是被毛泽东称为"伟大的人民教育家"的陶行知先生。这位人民的教育家，在古圣寺从当时中国的实际出发，提出了一套完整的教育理念，即"生活即教育""社会即学校""教学做合一"三大主张，并把生活教育理念运用到教书育人的实践中，形成了一套具有重要指导意义的教育理论。

在陶行知纪念馆前的草地上，碧绿的草丛中矗立着几块小小的石头，上面镌刻着"为一大事来，做一大事去，捧着一颗心来，不带半根草去"。这是陶行知先生自己的格言，体现着陶行知先生高尚的品德和治学精神。

走进陶行知纪念馆，从前厅到最后一个展厅，每一件陈列品，每一张图片，每一段文字介绍，都无不让我的心灵受到震撼和冲击。之前对陶行知先生的了解，只停留在教育家的层面上，在合川陶行知纪念馆短短的半日，对陶行知先生伟大的一生，有了更为深刻的理解，一份由衷的敬佩久久激荡在心底。"为一大事来，做一大事去"，陶行知先生用他自己的一生，践行了自己的格言。

在合川的日子里，喜欢在夕阳西下的时候，一个人独自徜徉在文峰古街，心里溢满柔和而亲切的温暖。合川的文峰古街因文峰塔而得名，这座文峰塔历史悠久，是重庆市内最高的风水塔，始建于清嘉庆年间。沿着石板路慢慢前行，古风古韵扑面而来，尤其是街中央那棵参天的老黄杨树，历经岁月的洗礼，朝气蓬勃依然年轻。古街两旁原汁原味的仿古建筑群与百年古树相依相偎，共沐春风。徜徉其间，感受到的是合川历史文化和现代文明的完美交融。

每一个灯火辉煌的夜晚，文峰古街上都是熙熙攘攘的，他们看上去是那么轻松自在，富有青春活力，呼朋唤友，三五成群，在古街林立的酒馆、茶楼、咖啡小店以及悬挂着特色美食招牌下的小吃店，喝酒、品茶、聊天，享受生活。店铺都是极富巴渝特色的川东民居——穿斗墙、吊脚楼，利用地势地貌，古街的建筑顺势蜿蜒，亭台楼阁错落有致，可以说是一条融自然山水与现代生活为一体的老街典范。游走其间，仿佛就穿行在历史和现代、传统和时尚、沉静和喧嚣之间。

"在这里可以做一个在黄桷树下观棋的君子，与三四老者谈棋论茶；可以做一个在广场晚会上自娱自乐的歌者，以百岁榕树做舞台背景，与一群业余乐队吹拉弹唱；也可以做一个风卷残云的吃货，各色麻辣美食从巷头吃到巷尾；更可以做一个绝不手软的购物狂，从民族工艺品到古怪的洋玩意儿一路淘过去；如果愿意那随着自己的心性，做一个过客，除了脚印什么都不留下，除了照片什么都不带走。"这段话是对文峰古街现代生活画卷最好的诠释，也是我在合川几天来，对今天合川人幸福生活的最深刻的理解。

文峰古街两旁形形色色的美食太诱人了，循着不断飘过来的香味，我走进一家店铺，点了一份重庆名小吃鸡肉抄手。那一碗漂着绿叶浮着香气的抄手，晶莹剔透，汤鲜味美。心满意足地走出小店，一时间就觉得生活在合川，做个合川人真的很有好口福，好幸福。每一次这样漫无目的地闲逛，都让我的内心充满了轻松和愉悦。

这是离开合川前的最后一个夜晚了，我又一次漫步文峰古街，有些依依不舍。一家店门口手工酸辣粉的招牌此刻正在风中摇曳，克制不住的麻辣诱惑，让我抬脚走进。小店的铺面不大，却很干净。坐下之后老板笑着问我"吃什么"，我说"酸辣粉"，她有几分诧异地又问我"啥子味的"，我一脸茫然地望着她，她忽然开口大笑说："你是北方人吧，说的是普通话，我一下子有点听不懂。"那脆生生的大嗓门，卷着十足的辣味。酸辣粉端上来了，我端详着，香喷喷的味道以及漂在上边的红油辣子，瞬间打开了我的味蕾。

这就是充满激情和活力的合川，这就是三江交汇、水甲西部的合川。一杯一盘一壶酒，尽享生活的麻辣滋味；一竿一凳一蓑衣，慢品江城的醉人美景。这里有历史的震撼，文化的感召。在诗情画意中，彰显着合川的生活之美。

合川，在我心目中是一首浪漫的诗，是一幅优美的画，是镶嵌在中华大地上的明珠，是一座古老却充满朝气的城市。这座城市所散发出的独特魅力，让我莫名地喜欢，虽然合川并不属于我，我只是走进合川几日的过客，然而，匆匆之后却再也难以释怀。合川的美已经深深地印在了我的心底，相信它会成为我记忆中永恒的经典。

离开合川那天，天空依然飘着蒙蒙细雨，绵长的雨丝从天而降，仿佛演绎着我对合川的留恋。平生走过太多的城市，离开的时候很少像今天这样不舍。做一个合川人是多么幸福和幸运，就像那首富含合川元素的歌曲《江城之恋》中所深情表达的："我有那么好的运气，生下来就在你的怀里，所以我长得和你一样美丽，性格中有火辣也有甜蜜……"

一米阳光，一帘幽梦

从家里收拾行囊即将出发的时候，我习惯性地望了一眼窗外，关注的是天气。天空看上去依然灰蒙蒙的，高大的杨树上，金黄的叶子已经落光，只剩下光秃秃的枝丫。偶尔会有一两只鸟在窗外的枝头盘旋。叶子落光了，预示着秋去冬来，一年的日子又将过去。我又一次拉起行李箱，准备出发，这一次的目的地是四川攀枝花市的米易县。在尘世的喧闹中穿行得久了，心累了，就想寻一个有梦的去处。

米易，从百度上知道，那是太阳最迷恋的地方，是一座没有冬天的城市，有"内陆三亚"之美誉。"温度、湿度、海拔、优产度、洁净度、和谐度"六度的完美结合，造就了米易得天独厚的地理优势，更是春赏花、夏避暑、秋品果、冬暖阳，休闲度假的理想目的地。这样一座充满灵性的城市，虽然路途遥远，但我对米易之行充满期待。

一路辗转到达成都的时候，已是日暮黄昏，成都的街头灯火辉煌。透过车窗，我看见的成都是安静的，虽然同样是下班的高峰期，却可以从行人的步态中看出这座城市的那份从容，这是我从内心深处所喜欢的。

第二天一大早从成都出发，一路向西南而去，然而遇上大雾弥漫，一路上，村庄、树林、芭蕉叶若隐若现，仿佛是在穿越人间仙境。车子走得很慢，却一直在走，无论是什么都难以阻止我们追寻米易阳光的脚步。

中午过后，阳光终于穿云破雾露出笑脸，我们也已经到达了汉源。在汉源我买到了著名的汉源花椒，吃到了著名的黄牛肉火锅。牛肉极为新鲜，是提前煮好了的，在锅里飘着香，那胖胖的荞麦面大馒头更是香甜。

夜幕即将降临，我们终于到达了米易。入住酒店之后，我发现这座建在安宁河边的酒店，设计得真是太贴心了，面向河流的每一个房间，都有一个开放的平台，不大却很有情调——两把藤椅、一张小圆桌，坐在这里可以放眼远处的山，静听脚下的水。情不自禁深深吸一口气，那清新的空气竟是甜的，来到米易的第一时间，我就被这美妙的空气陶醉了。

一条安宁河从米易县城的中间款款而过，让这个县城的美丽充满了灵动与诗意。太喜欢水了，可惜在缺水的冀南平原上，我已经看不到可以称为河流的地方，河道上不是被黄沙就是被庄稼覆盖，即使是在雨季，也听不到像安宁河这样哗哗的流水声。

安宁河，多么美的名字。追溯安宁河的前世，在汉代被称为汉水，晋代称白沙江，唐代称长江水，在元代又名泸沽水，明代称宁远河，从清代开始称为安宁河。安宁河也是凉山的母亲河，养育了一代又一代两岸儿女，从历史的深处走来，不舍昼夜以青春的姿态向着未来走去。

这一刻，有安宁河边树的影子投在窗前，既不招摇也不喧嚣，就像水墨丹青一般。月亮无声无息地挂在天边，星星消隐，风清月朗，野旷天低。蛙鼓虫鸣，仿佛是天籁。安宁河水在汹涌，那滔滔的水声，仿佛正在穿越时空，荡涤尘世一切纷扰和聒噪，伴着这大自然的灵音，做了一夜美梦。

清晨起来，匆匆走过安宁河桥，开始穿行在米易的大街小巷。大面积的阳光已经慷慨地洒落下来，照耀着米易的每一个角落，也温暖着我的心房。忽然想起东野圭吾在《白夜行》中说："世上有两种东西不能直视，一是太阳，二是人心，太阳不可直视是因为伤害眼睛。"然而这一刻，我愿意悄悄看看那颗悬在天边的太阳，它干净纯洁、普照万物。我就坐在街边的椅子上，在米易阳光的照耀下，静静地感受着这份舒适，高远的天空蓝得有些耀眼，那些飘在天空的白云大朵大朵的，就像一团一团柔软的棉花。我看见阳光普照下，在我眼前走过的每一个人的脸上，都充满幸福和安宁。

我发现米易的水果品种太丰富了：芒果、菠萝蜜、葡萄、甘蔗……阳光在米易建造了一座天然的亚热带风情园，四季轮回花开果熟，赏花品果每个时节都呈现着不同的精彩。看见那么多新鲜的甘蔗，突然想起自己年少时对甘蔗的青睐——过年的时候，大年初一早晨起来，新衣裳和新鞋子穿好之后，那一份压岁钱我是留不住的，装上压岁钱之后，约上伙伴们一起上街。当时离我们家最近最热闹的地方，是县城老街道的丁字路，路口的尽头是一家百货公司，里边卖布匹、鞋帽一类的物品。左边就是一家食品店，柴米油盐酱醋都有，印象最深的是卖糖的，有包着糖纸的，也有放在透明的玻璃瓶子卖的糖球，外面粘了白糖粒，常常还会有一些白色的花纹点缀其间。压岁钱在兜里待不久，就会被我们送到这家店里来，换成糖球，满足我们对甜味的追求。这些压岁钱的另一个去处，就是街上的甘蔗摊。

那些来自远方的甘蔗，带着甜味的诱惑，相互依靠支撑在一起，就像一杆杆枪伫立街头，远远地就能看到。我们在这些甘蔗摊前，来来回回观察着选择着，才会决定买下哪一根。买了之后扛回家，坐在炉火前慢慢嚼，甘蔗在那个时候，只属于冬天只属于过年。

在米易的贤家村，我看见村口一间老屋的屋檐下，堆着许多玉米秸秆，一只小白猫正懒懒地静卧，离它不远的地方，有一群鸡崽儿在欢快地围着一只老母鸡转。女主人正坐在不远处拌鸡食，我走过去问她，这猫不会追她家的小鸡跑吗？女主人说，不会的，她家的小猫那是一边烤太阳，一边当这些小鸡的守护者呢。

烤太阳，好新奇的词。在北方，村庄的土墙根下常常会有老人，眯着眼睛晒太阳。

走在去米易的白马镇的路上，一路鲜花相伴，那橘黄色的炮仗花，一丛丛一束束垂下来，爬满了人家的房檐和墙壁，那在花丛中出入的人也美。真是人花相扶，感通天地，这样真实自然的养生状态，是一种幸福所在。

"我有一帘幽梦，不知与谁能共……"看到禹王宫村看见一帘幽梦时，这句歌词就萦绕在我的心头。原来真的有一种名叫一帘幽梦的植物，它是葡萄科白粉藤属多年生常绿蔓性植物，因其意境得名"一帘幽梦"，原产于美洲。站在一帘幽梦之下，像是看到层层粉色星空落入尘世一般。让我惊奇的是，它从茎节长出的红褐色的细长气根，可长达三米，数百或上千条垂悬于棚架下，清风徐徐吹拂，气根摇曳，极富诗情画意。

在米易的短短几天，暂时逃离喧嚣逃离雾霾，我沐浴在米易灿然的阳光下，看不见车水马龙的拥挤纷扰，听不见闲言碎语的无端中伤。内心安宁，呼吸畅快，静心体会这块土地上醉人的美丽和芬芳，山水无语，天地静穆，绿树丛中的鸟儿在自由飞翔。

感谢米易。在这样的季节里遇见米易，多么幸运。米易，不仅拥有灿烂的阳光、清新的空气、美丽的景色、香甜的瓜果，更是一座汲取了日月的精华、时光的洗礼，充满了人文精神的灵性之城。

世界上总有些地方，会因为我们生命中的某些遇见而长久地留在心底。就像米易，一个之前闻所未闻的地方，竟然是这般美好，在米易的阳光下，做着一帘幽梦，一朝相遇，竟不念归期。